Le Baleinié

Christine Murillo
Jean-Claude Leguay
Grégoire Œstermann

Le Baleinié

Dictionnaire des tracas

INTÉGRAL
1 - 2 - 3

Éditions du Seuil

TEXTE INTÉGRAL

Pour *Le Baleinié*
Dictionnaire des tracas, vol. 1
ISBN 2-02-062803-1

Pour *Le Baleinié*
Dictionnaire des tracas, vol. 2
ISBN 2-02-078759-8

Pour *Le Baleinié*
Dictionnaire des tracas, vol. 3
ISBN 978-2-02-096587-3

Pour cette édition :
ISBN 978-2-7578-1572-4

LE GOÛT DES MOTS

UNE COLLECTION DIRIGÉE PAR PHILIPPE DELERM

Les mots nous intimident. Ils sont là, mais semblent dépasser nos pensées, nos émotions, nos sensations. Souvent, nous disons : « Je ne trouve pas les mots. » Pourtant, les mots ne seraient rien sans nous. Ils sont déçus de rencontrer notre respect, quand ils voudraient notre amitié. Pour les apprivoiser, il faut les soupeser, les regarder, apprendre leurs histoires, et puis jouer avec eux, sourire avec eux. Les approcher pour mieux les savourer, les saluer, et toujours un peu en retrait se dire : « Je l'ai sur le bout de la langue – le goût du mot qui ne me manque déjà plus. »

Ph. D.

AVIS AU LECTEUR

Si tu vis, et même si tu meurs,
ce livre est pour toi.

PROLÉGOMÈNES

Certains tracas, on se croyait seul à les subir alors même qu'on était nombreux à les partager.
Pour exemples :
Des camions masquent systématiquement le panneau sur l'autoroute, des tables restent bancales malgré les pliages successifs d'un dessous de bière, des jupes restent coincées dans des collants au sortir des toilettes… et pas le moindre mot pour pouvoir au moins en plaisanter ? Voilà pourquoi les répertorier et leur donner un nom nous apparut une nécessité publique.
Nous nous sommes donné une règle :
les mots seront neufs, basés sur un principe d'euphonie (saspigoule, valmoveuse…), voire de cacophonie (vruter, ufregram…).
Quelques exceptions plus ou moins volontaires se sont néanmoins glissées pour confirmer la règle : détournements d'expressions (oukouloumougnou, ménairbe…), emprunts aux noms propres (limogoulème, jeanpainjean…), racines de noms communs (lunoise…), onomatopéismes (dreps, tuitichuire…), et quelques faux amis comme il est

d'usage dans la langue française (tescaliédo, canaper…).
Afin que chacun les apprivoise plus facilement, nous avons préféré une phonétique « naturelle » proche de celle qu'avait choisie en son temps Émile Littré.

Ce dictionnaire est la compilation des tomes 1, 2 & 3 du baleinié. Il propose 454 néologismes pour vivre vieux mieux, car « souffrir avec précision, c'est mieux savoir vivre mal ».

TABLEAU DES ABRÉV.

abrév.	*abréviation*
adj.	*adjectif*
brico.	*bricolage*
com.	*communication*
contr.	*contraire*
écon.	*économie*
env.	*environ*
ex.	*exemple*
expr.	*expression*
f.	*féminin*
fam.	*familier*
fig.	*figuré*
géopol.	*géopolitique*
interj.	*interjection*
inv.	*invariable*
m.	*masculin*
n.	*nom*
onir.	*onirisme*
ordin.	*ordinairement*
papet.	*papeterie*
par ext.	*par extension*
philo.	*philosophie*
phys.	*physique*
pl.	*pluriel*
préf.	*préfixe*
prov.	*proverbe*
rhéto.	*rhétorique*
sociol.	*sociologie*
syn.	*synonyme*
trad.	*traduction*

« Je n'ai jamais rencontré personne. »

Clément Vautel, *Minotaure, n°s 3-4*

« La nuit, nous avons bien plus peur que les enfants. »

Jules Renard, *Journal,* 2 juillet 1894.

les nuages de temps à autre
accordent une pause
à ceux qui contemplent la lune

Bashô
(1644-1694)

trad. du japonais
par CHENG Wing Fun
& Hervé COLLET

a@paz

{a-at'-paz'} n. m.

ordinateur têtu qui vous signale des trucs

ablouseur, euse

{a-blou-zeur, euz'} n.

personne qui vous parle de trop près, vous colle en marchant, boit dans votre verre et goûte dans votre assiette

abounji

{a-boun'-ji} n. m.

tableau de bord conçu pour que tout ce qu'on a posé dessus tombe à chaque démarrage

abrataphier

{a-bra-ta-fié} *verbe*

se prendre la manche dans
la poignée de la porte un bol de café
à la main

adchica

{ad-chi-ka} *n. f.*

soucoupe qui reste collée
un instant au cul de la tasse

« [...] Je n'en finissais pas de gæzinir à la pompe automatique, quand je vois, tels des cuses dans le brouillard, une dizaine de treus rieurs descendre d'une **adchica** volante. Je saute dans ma voiture, j'enclenche la première, mais le plus costaud, hilare, ouvre déjà la portière. Pas plus fier qu'un ranilou, je piaseille et je balance dans son œil unique la duine de Gouvres que Tante Monique m'avait laissée sur la banquette arrière. C'est au moment où il m'a arraché l'oreille comme on arrache une luche que j'ai igvi. »

Dimanche, Gilles Pelletier*

* Pseudonyme de Gil P. Le Thiais, écrivain et poète anonyme

æspégéca* ou **espégéca*** ou **spgk***

{ès'-pé-jé-ka} *n. m.*

renvoi d'un mot à un autre à un autre à un autre dans le dictionnaire

aflète

{a-flèt'} *n. f.*

personne qui ne fait pas de bises quand elle fait la bise

aftoube

{af-toub'} *n. m.*

milieu de matelas mou

« [...] Dehors je jubjotais encore. Le pani-pané de la nuit dans mon **aftoube** m'avait paradoxalement mis à plat. Ma valvarope était comme le ciel. Dans la limogoulème tout était fermé... Je me suis dit : « Bon, pas d'hembernoët aujourd'hui. » Mais sur le chemin du retour, l'idée de ne pas avoir ma guézette du matin... J'étais parti pour une bonne journée de bârues,

à essayer d'éviter les chacards. »

Dimanche, Gilles Pelletier*

* Pseudonyme de Gil P. Le Thiais, écrivain et poète anonyme

agdonvrer

{ag'-don-vré} verbe

essayer de replacer la porte
dans ses gonds sans s'engueuler
philo. : tenter de se réconcilier sans
se disputer

ousse-agdonvrer

{ous'-ag'-don-vré} verbe

se retrouver seul pour replacer
la porte dans ses gonds

agoudir

{a-gou-dir'} verbe

tailler un crayon dont la mine est
brisée sur toute la longueur
par ext. : vouloir faire du sport après
un certain âge

agroude
{a-groud'} n. f.
léger recul de votre animal domestique qui vous fait douter de votre haleine

agulette
{a-gu-lè-t'} n. f.
repas avec des personnes qui vous veulent du bien et qui n'aiment pas les Noirs

ampégir
{an-pé-jir} verbe masculin
faire pipi sur la trace de caca qui reste sur la pente de la cuvette sans parvenir à la dissoudre

aquedouille
{a-ke-dou-ye} n.
personne qui ne cesse (poil aux fesses) de faire (à souder) des calembours (-la-Reine) à tout propos (-de chambre) dans la conversation

argascaner
{ar-gas'-ka-né} verbe
subir des coups de genoux dans son dossier dès le début du spectacle

atarinien
{a-ta-ri-ni-in} n. m.
automobiliste qui passe si lentement au vert qu'il vous laisse le rouge

azbazéder
{az'-ba-zé-dé} verbe
recopier son vieux carnet d'adresses

azétérie
{a-zé-té-ri} n. f.
fleur du jardin qu'on hésite à cueillir parce que si on la cueille elle n'y sera plus

azog

{a-zog'} n. m.

soulier droit plus serré que le gauche

syn. contr. : **ozag**

bahan

{ba-an} n. m.

mot « simple comme bonjour »
qui ne vous revient jamais
ex. : radiateur

balostre

{ba-lostr'} n. m.

itinéraire qui se perd dans un pli
de la carte *Michelin*

bârue

{bâ-ru} n. f.

perte de temps quand on n'a rien
à faire

« [...] Dehors je jubjotais encore.
Le pani-pané de la nuit dans mon aftoube
m'avait paradoxalement mis à plat. Ma

valvarope était comme le ciel. Dans la limogoulème tout était fermé...

Je me suis dit : « Bon, pas d'hembernoët aujourd'hui. » Mais sur le chemin du retour, l'idée de ne pas avoir ma guézette du matin... J'étais parti pour une bonne journée de **bârues,** à essayer d'éviter les chacards. »

Dimanche, Gilles Pelletier*

* Pseudonyme de Gil P. Le Thiais, écrivain et poète anonyme

batana

{ba-ta-na} n. f.

tyrannie de ceux qui vous font quatre fois la bise

« [...] On allait à Veules-les-Roses. Maman tricotait nos fréclets dans le train. Elle obrisaillait et veillait bien à ce qu'on ne jette pas nos gyasebs par la fenêtre. Dès qu'on arrivait sur la plage, avec mon frère on subissait la **batana** des cousins qui tchernuzissaient déjà dans les algues. Maman et Tante Monique ousse-clichemurnaient à tour de rôle. Parfois Mémé nous accompagnait. Telle une létidatopistagine, elle restait assise sur les galets et se plaignait de wagardir. Mémé a i à Veules-les-Roses. Après, on a préféré Étretat. »

Dimanche, Gilles Pelletier*
* Pseudonyme de Gil P. Le Thiais, écrivain et poète anonyme

beccari

{bé-ka-ri} n. m.
accélération cardiaque lors d'un contrôle de police alors qu'on n'a rien à se reprocher

belgoyer

{bèl-goua-yé} verbe
se pencher pour ramasser ses clefs et faire tomber stylo, lunettes, monnaie et téléphone portable

bême

{bè-m'} n. f.
addition démesurée parce qu'on est le dernier à partir
ex. : « C'est toujours les mêmes qu'ont la bême ! »

bernardchatellier

{bèr-nar-cha-te-lié} n. m.

ami qui n'est pas là parce
qu'il est mort

bernogue

{bèr-nog'} n. m.

numéro qu'on ne se décide pas
à supprimer de son répertoire

bibouplelouler

{bi-bou-pleu-lou-lé} verbe

mettre un jeton dans
une auto-tamponneuse et s'apercevoir
qu'on est seul sur la piste

biclac

{bi-klak'} n. m.

coup de vieux pris par quelqu'un
qui ne vous reconnaît pas non plus

biguitie

{bi-ghi-tie} n. f.

simple visite à l'hôpital qui
se transforme en séjour

binlan

{bin-lan} n. m.

rêve qu'un ami vous raconte

blacefèque

{bla-se-fèk'} n. f.

journée cacabouillasse
dont on s'était fait une joie

> courir **blacefèque**
> découvrir qu'on ne vieillira pas
> en si bonne santé

blotte

{blot'} n. f.

soirée qui sent mauvais a priori
par ext. : a priori qui se confirme

boto

{bô-tô} n. m.

« Portrait de clown sur fond jaune »
qu'on a acheté dans l'euphorie
par ext : coup de foudre qui fait
le malheur de chacun des deux
pendant quinze ans

boulbos

{boul'-bô-s'} n. m.

camion qui vous masque systématiquement le panneau sur l'autoroute

bourlu, e

{bour-lu, ue} n.

enfant qui ne vous trouve pas drôle

boustoufla

{bous'-tou-fla} n. f.

recette de cuisine qui ne réussit jamais quand c'est vous qui cuisinez

brage

{braj'} n.

(voir **ornottoubiisme**)

brâge

{brâj'} n.

(voir **ornottoubiisme**)

brambuner

{bran-bu-né} verbe

voyager confortablement en se demandant si chaque passager qui monte dans le wagon n'est pas le véritable occupant de votre place

brestampe (!)

{brès'-tan-p'} n. f.

injure qu'on étouffe derrière une civilité

ex. : « Ah ?...Vous croyez ?... Oui... je ne sais pas... peut-être... » à la place de : « Bordel à cul de merde de chiottes de connard de vieux con de merde ! »

breudeune

{breu-deun'} n. f.

disparition des symptômes le temps de la visite chez le médecin

burdin
{bur-din} n. m.
garagiste qui vous dit : « non, j'entends pas d'cliquetis mais j'vais vous arranger ça »

byramboé
{bi-ran-bo-é} n. f.
moustique immobile au plafond

ousse-byramboé
{ous'-bi-ran-bo-é} n. f.
écrabouillure d'un moustique noir sur le mur blanc

cachtarque
{kach'-tark'} n. f.
viande nerveuse sur assiette en carton

calbantine
{kal-ban-tin'} n. f.
compte-gouttes dont les gouttes ne tombent pas et qu'on finit par secouer

calonia
{ka-lo-nia} n. f.
première minute en maillot de bain

ousse-calonia
{ous'-ka-lo-nia} n. f.
première semaine en maillot de bain

canaper

{ka-na-pé} verbe

arriver à l'heure mais arriver
en sueur

cavote

{ka-vot'} n. f.

table qui reste bancale malgré les
pliages successifs d'un dessous-
de-bière

écon. : compte toujours débiteur en
dépit des chèques de fin de mois

chaochimu

{chaô-chi-mu} n. m.

reflet de soi dans la vitre SNCF

chacard

{cha-kar} n. m.

pied de table contre lequel vous vous heurtez violemment le petit orteil

prov. : *« à tout chacard son orteil »*

« [...] Dehors je jubjotais encore. Le panipané de la nuit dans mon aftoube m'avait paradoxalement mis à plat. Ma valvarope était comme le ciel. Dans la limogoulème tout était fermé... Je me suis dit : « Bon, pas d'hembernoët aujourd'hui. » Mais sur le chemin du retour, l'idée de ne pas avoir ma guézette du matin... J'étais parti pour une bonne journée de bârues, à essayer d'éviter les **chacards**. »

Dimanche, Gilles Pelletier*

* Pseudonyme de Gil P. Le Thiais, écrivain et poète anonyme

chashazer

{cha-cha-zé} verbe

ne jamais se souvenir si *{a-tra-pé}* prend un ou deux « p », si *{chè-vr}* porte un accent circonflexe, et si *échappatoire* est du masculin ou du féminin

philo. : confondre la *contingence* avec la circonstance, ou la conséquence, voire la conscription

voir note en bas de page*

chavogner

{cha-vo-nié} verbe

se laver les cheveux sous un petit robinet de lavabo

(voir **pi-pli-po**)

*« [...] La Chèvre n'avait trouvé aucune échappatoire. Alors elle dit au Loup : "Je me demande si le concept de contingence n'est pas un attrape-nigaud." Au loin, à peine sorti de l'œuf, le petit *{or-ni-to-rink}* tétait déjà sa mère. »
Balades solognotes, Anita Tiana

chouabe

{chou-ab'} n. f.

sanibroyeur de la chambre d'à côté

ex. : « Chouabe toi-même ! »

chougrida

{chou-gri-da} n. f.

(voir **davernude**)

chouir

{chou-ir} verbe

faire semblant de ne pas avoir reçu le postillon

chumir

{chu-mir} verbe

tricher un petit peu

ex. : vérifier la solution du 1 vertical en essayant de ne pas regarder celle du 2

clichemurner
{klich'-mur-né} verbe
se baigner en surveillant ses affaires

ousse-clichemurner
{ous'-klich'-mur-né} verbe
faire la planche en surveillant ses enfants

« [...] On allait à Veules-les-Roses. Maman tricotait nos fréclets dans le train. Elle obrisaillait et veillait bien à ce qu'on ne jette pas nos gyasebs par la fenêtre. Dès qu'on arrivait sur la plage, avec mon frère on subissait la batana des cousins qui tchernuzissaient déjà dans les algues. Maman et Tante Monique **ousse-clichemurnaient** à tour de rôle. Parfois Mémé nous accompagnait. Telle une létidatopistagine, elle restait assise sur les galets et se plaignait de wagardir. Mémé a i à Veules-les-Roses. Après, on a préféré Étretat. »

Dimanche, Gilles Pelletier*
* Pseudonyme de Gil P. Le Thiais, écrivain et poète anonyme

çon

{son} n. m.

premier appel trop timide pour
être entendu du garçon de café

çonçon

{son-son} n. m.

deuxième appel bien timbré sans
plus d'effet sur le garçon

çonçonçon

{son-son-son} n. f.

formule de politesse hurlée pour
pouvoir enfin passer commande

condazcalier

{kon-daz'-ka-lié} verbe

se retrouver dans le métro sans
sa mallette, avec son sac-poubelle
sur les genoux

couffiarde

{kou-fi-ard'} n. f.

cigarette allumée par le filtre

par ext. : personne qu'on croyait amicale et qui vous blesse en public

courcueller

{cour-cuèl-lé} verbe

tartiner du beurre sortant du frigo sur une tranche de pain de mie mou

coussir

{cou-sir} verbe

(voir **ornottoubiisme**)

coussoindre

{cou-sou-indr'} verbe

(voir **ornottoubiisme**)

coussuiner

{cou-sui-né} verbe

(voir **ornottoubiisme**)

cra

{kra} n. m. inv.

miettes de biscottes dans les draps

cratance

{kra-tans'} n. f.

petit déjeuner non servi après
dix heures

prov. : « *tel qui lundi cratance,*
mardi cra »

cuigne

{cuin'-ye} n. f.

ongle ébréché qu'on essaye
d'égaliser en tirant dessus et
qui s'ouvre sur la chair du doigt

(voir **riol**)

cuse

{cuz'} n. f.

tache de gras qui réapparaît
quand ça sèche

prov. : « *qui veut cacher sa cuse attend la pluie* »

« [...] Je n'en finissais pas de gæzinir à la pompe automatique, quand je vois, tels des **cuses** dans le brouillard, une dizaine de treus rieurs descendre d'une adchica volante. Je saute dans ma voiture, j'enclenche la première, mais le plus costaud, hilare, ouvre déjà la portière. Pas plus fier qu'un ranilou, je piaseille et je balance dans son œil unique la duine de Gouvres que Tante Monique m'avait laissée sur la banquette arrière. C'est au moment où il m'a arraché l'oreille comme on arrache une luche que j'ai igvi. »

Dimanche, Gilles Pelletier*

* Pseudonyme de Gil P. Le Thiais, écrivain et poète anonyme

dadu

{da-du} n. m.

bruit malpoli que le fauteuil
en cuir a fait quand vous vous
êtes assis dedans

> **ousse-dadu**
>
> *{ous'-} n. m.*
>
> silence du même fauteuil quand
> vous vous rasseyez pour prouver
> que ce n'est pas vous

darteau

{dar-tô} n. m.

billet de train soigneusement rangé
quelque part dans le fond du sac
par ext. : sac à main plein où
on trouve rien

davernude, chougrida

tracas de rencontres

davernude

{da-vèr-nud'} n. f.

personne qui vous embrasse comme du bon pain et dont vous êtes incapable de vous souvenir du nom

(précède parfois une **chougrida**)

chougrida

{chou-gri-da} n. f.

personne dont vous vous souvenez du nom, vous le claironnez, mais c'est pas le bon

(suit généralement une **davernude**)

doriédoque

{do-rié-dok} n. m.

ancienne place de la pendule où vous continuez à vouloir lire l'heure

double-riquesta
{dou-bleu-ri-kou-ès'-ta} n. f.
tentative d'aplatissement extrême pour se glisser entre deux tables de restaurant

ousse-double-riquesta
{ous'-} n. f.
… avec gros manteau ou gros fessier

douiner
{dou-i-né} verbe
regretter un peu d'avoir été trop vite « grand seigneur »

dreps
{drèps'} n. f.
fou rire avec bronchite

ousse-dreps
{ous'-drèps'} n. f.
fou rire avec bronchite et côte cassée

drugneau

{dru-niô} n. m.

passage d'une position à une autre à une autre à une autre pour se couper les ongles de pied quand on est à la fois myope et presbyte

duguelonette

{du-ghe-lo-nèt'} n. f.

jupe coincée dans votre collant au sortir des toilettes

duine de Gouvres

{duin'-de-gou-vre} n. f.

beau gâteau mais pas bon

« [...] Je n'en finissais pas de gæzinir à la pompe automatique, quand je vois, tels des cuses dans le brouillard, une dizaine de treus rieurs descendre d'une adchica volante. Je saute dans ma voiture, j'enclenche la première, mais le plus costaud, hilare, ouvre déjà la portière. Pas plus fier qu'un ranilou, je piaseille et je balance dans son œil unique la **duine de Gouvres** que Tante Monique m'avait laissée sur la banquette arrière. C'est au moment où il m'a arraché l'oreille comme on arrache une luche que j'ai igvi. »

Dimanche, Gilles Pelletier*
* Pseudonyme de Gil P. Le Thiais, écrivain et poète anonyme

E

ecqueuchteuphroumph

{é-keu-chteu-frou-m'-f'} ***n. m.***

salière au bouchon desserré

au pl. (**-mphes**) *:*

auréoles blanchâtres que vous vous
découvrez sous les bras dans
le miroir de l'ascenseur

écragir

{é-kra-jir'} verbe

péter au réveil, secouer ses draps,
et rien sentir

par ext. : passer devant un miroir
sans se reconnaître

èèèèèèèèèèèèèèèè

{è-è-è-è-è-è-è-è-è-è-è-è-è-è-è-è} ***n. m.***

chat qui s'est assis sur votre clavier d'ordinateur

Effidopthèques

{é-fi-dop'-tèk'} ***n. pl.***

personnes qui voient tout plus grand que nature, tout sauf vous

au singulier : personne qui vous serre la main en regardant ailleurs

« Nombreux furent les Effidopthèques »

Philippe Fretun

effouder

{é-fou-dé} verbe

transpirer pendant un rendez-vous

éguélé

{é-ghé-lé} n. m.

truc récupéré qu'on aurait mieux
fait de laisser dans la rue
fam. : insulte entre conjoints

émiljandou

{é-mil'-jan-dou} n. f.

vieille eau des fleurs

> beurrer **émiljandou**
> douter de ses huîtres

empolèse

{an-po-lèz'} n. f.

disparition momentanée du désir
amoureux pour un rien, une bricole,
une faute de goût

> siffler l'**empolèse**
> s'empêcher de dormir parce qu'on
> ne peut pas s'empêcher de ronfler

enzerpo

{an-zèr-pô} n. m.

plat qui arrive après une longue attente et quand on n'a plus faim

épaloumer

{é-pa-lou-mé} verbe

nager le dos crawlé dans une petite piscine

epsoble

{èp-sobl'} n. m.

fin de rouleau d'essuie-mains automatique qui pend

erdoindre

{èr-dou-indr'} verbe

éviter de croiser le sourire du « chanteur à la guitare » dans le restaurant

ertepoul

{èr-te-poul} ***n. m.***

distance à partir de laquelle on se demande s'il faut ou non tenir la porte à la personne qui vous suit

ertezoute

{èr-te-zout'} ***n. f.***

personne qui vous tient la porte de si loin qu'elle vous oblige à presser le pas

espégéca*

{ès'-pé-jé-ka} ***n. m.***

renvoi d'un mot à un autre à un autre à un autre dans le dictionnaire

syn. : **æspégéca*** et **spgk***

esterpango

{és-tèr-pan-gô} ***n. m.***

personne qui monopolise le piano sans savoir en jouer

exicotizzi

{é-gzi-ko-ti-dzi} n. m.

taxi qui, au lieu de présenter
sa porte arrière, baisse sa vitre avant

ézinite

{é-zi-nit'} n. f.

envie pressante qui devient urgente
quand vous entrez dans votre
immeuble, insupportable dans
l'escalier et irrépressible pendant
que vous cherchez vos clefs

fafaille

{fa-fa-ye} *n. f.*

cigarette qui reste collée à la lèvre, surtout en hiver

fafayarde

{fa-fa-yard'} *n. f.*

glissement des doigts le long d'une cigarette jusqu'au bout incandescent (*env. 1 000 °C*), pour cause de **fafaille**

essuyer **fagane**

{fa-gan'} *n. inv.*

être pris pour un serveur parce qu'on porte un smoking ou pour une prostituée parce qu'on guette un taxi

faplaotir
{fa-pla-o-tir} verbe
éternuer en doublant un camion

fiasotter
{fia-zot'-té} verbe
nettoyer la tache de sauce avec un kleenex mouillé

flantafafouille
{flan-ta-fa-fou-ye} n. f.
gros baiser baveux qui s'avance vers vous à grands pas

fliite
{fli-it'} n. f.
minuscule bout de cigarette allumée qu'on tient verticalement pendant qu'on vous parle avec ferveur

flobarder
{flo-bar-dé} verbe
être tellement en avance qu'on finit par arriver en retard

flomper

{flon-pé} verbe

prendre cinq kilos en arrêtant
de fumer, se remettre à fumer
et garder les kilos

fréclet

{fré-klè} n. m.

maillot de bain en laine

« [...] On allait à Veules-les-Roses. Maman tricotait nos **fréclets** dans le train. Elle obrisaillait et veillait bien à ce qu'on ne jette pas nos gyasebs par la fenêtre. Dès qu'on arrivait sur la plage, avec mon frère on subissait la batana des cousins qui tchernuzissaient déjà dans les algues. Maman et Tante Monique oussе-clichemurnaient à tour de rôle. Parfois Mémé nous accompagnait. Telle une létidatopistagine, elle restait assise sur les galets et se plaignait de wagardir. Mémé a i à Veules-les-Roses. Après, on a préféré Étretat. »

Dimanche, Gilles Pelletier*

* Pseudonyme de Gil P. Le Thiais, écrivain et poète anonyme

freuderneuder
{freu-dèr-neu-dé} verbe
essayer des lunettes de soleil et ne pas pouvoir juger de la « tête qu'on a avec » dans le miroir parce qu'on porte des lunettes de soleil

froingir
{frou-in-jir} verbe
poser sa main sur la plaque chauffante pour vérifier si elle a refroidi

ftam
{ftam'} n. m.
montant de 497,76 € à transcrire en lettres sur le dernier chèque de votre carnet

furnuvutt
{fur-nu-vut'} n. m.
article de journal que vous devez reprendre à chaque fois du début parce que le patron du bar a plein de choses à vous raconter

G

gadobax

{ga-do-baks} n. m. inv.

ruban adhésif qui s'est scotché
à lui-même
expr. : « se réveiller en gadobax »,
ouvrir les yeux en se demandant
s'il est huit heures du matin
ou huit heures du soir

gæzinir

{ghé-zi-nir} verbe

faire son plein d'essence
avec un pistolet qui ne tousse
que trois gouttes à chaque pression
« [...] Je n'en finissais pas de **gæzinir**
à la pompe automatique, quand je vois,
tels des cuses dans le brouillard, une
dizaine de treus rieurs descendre d'une

adchica volante. Je saute dans ma voiture, j'enclenche la première, mais le plus costaud, hilare, ouvre déjà la portière. Pas plus fier qu'un ranilou, je piaseille et je balance dans son œil unique la duine de Gouvres que Tante Monique m'avait laissée sur la banquette arrière. C'est au moment où il m'a arraché l'oreille comme on arrache une luche que j'ai igvi. »

Dimanche, Gilles Pelletier*

* Pseudonyme de Gil P. Le Thiais, écrivain et poète anonyme

galzande

{gal-zan-d'} n. f.

début de rhume, de cancer, d'Alzheimer, de sclérose en plaques et de thrombose coronarienne

philo. : début de trou dans une poche

gbeindre

{gbindr'} verbe

boire avec entrain une canette qui a servi de cendrier

give

{ji-v'} n. f.

biture seul

(pas d'extension)

mener **glambule**

{glan-bul} n. f.

faire ses courses avec un caddie
qui couine

ousse-mener glambule

{ous'-} verbe

faire ses courses en poussant un
caddie qui couine et qui dévie

gléèse

{glé-èz'} n. f.

rideau de douche froid qui
se plaque et se replaque sur votre
corps mouillé

glindole

{glin-dol} n. f.

créneau qui s'annonce difficile,
devant une terrasse bondée

gointran

{gou-in-tran} n. m.

empreinte de siège grillagé
sur la peau

gointrum

{gou-in-trom'} n. m.

écon. : indécrottable propension
à repasser toujours par les francs
(les nouveaux pour les jeunes,
les anciens pour les vieux)

gosomer

{gô-zo-mé} verbe

se sentir obligé d'acheter quelque
chose parce qu'on est resté
longtemps dans la boutique

grafour

{gra-four} n. m.

chat qui miaule et qui pète tout
le long du trajet

greuil

{gre-ye} n. m.

train en rase campagne
qui se remet enfin en marche
et s'arrête de nouveau

gripène

{gri-pèn'} n.

piqueur de briquet

grouik, e

{grou-ik'} n.

comique qui rit professionnellement
avant le public

grune

{gru-n'} n. f.

espace de peau virile qui apparaît entre le bas du pantalon et le haut de la socquette

(ordin. : 3,5 cm)

grunicelle

{gru-ni-sel'} n. f.

espace entre le haut de la socquette et le bas du pantalon par où s'engouffre un vent coulis grippal

guézette

{ghé-zèt'} n. f.

whisky à goût de Ricard

« [...] Dehors je jubjotais encore.
Le pani-pané de la nuit dans mon aftoube m'avait paradoxalement mis à plat.
Ma valvarope était comme le ciel.
Dans la limogoulème tout était fermé...
Je me suis dit : « Bon, pas d'hembernoët aujourd'hui. » Mais sur le chemin du retour, l'idée de ne pas avoir ma **guézette** du

matin… J'étais parti pour une bonne journée de bârues, à essayer d'éviter les chacards. »

Dimanche, Gilles Pelletier*
* Pseudonyme de Gil P. Le Thiais, écrivain et poète anonyme

guîte

{ghi-t'} n. f.

lettre d'une « chaîne » qu'on n'ose
ni jeter ni déchirer parce que,
et c'est écrit dans la lettre,
ça porte malheur

gyaseb

{jia-zeb'} n. m.

chewing-gum déchlorophyllé qui
traînasse encore dans votre bouche

« […] On allait à Veules-les-Roses. Maman tricotait nos fréclets dans le train. Elle obrisaillait et veillait bien à ce qu'on ne jette pas nos **gyasebs** par la fenêtre. Dès qu'on arrivait sur la plage, avec mon frère on subissait la batana des cousins qui tchernuzissaient déjà dans les algues. Maman et Tante Monique ousseclichemurnaient à tour de rôle. Parfois Mémé nous accompagnait. Telle une létidatopistagine, elle restait assise sur les galets et se plaignait de wagardir. Mémé a i à Veules-les-Roses. Après, on a préféré Étretat. »

Dimanche, Gilles Pelletier*
* Pseudonyme de Gil P. Le Thiais, écrivain et poète anonyme

h

halaqui

{'a-la-ki} n. m.

aquarium qui a fui pendant vos vacances

hembernoët

{an-bèr-nou-èt'} n. m.

encre sur le blanc de l'œuf dur après la lecture du journal (se prononce *{èm'-beur-not'}* si l'encre est anglo-saxonne)

« [...] Dehors je jubjotais encore. Le pani-pané de la nuit dans mon aftoube m'avait paradoxalement mis à plat. Ma valvarope était comme le ciel. Dans la limogoulème tout était fermé... Je me suis dit : « Bon, pas d'**hembernoët** aujourd'hui. » Mais sur le chemin du retour, l'idée de ne pas avoir ma guézette du matin… J'étais parti pour une bonne journée de bârues, à essayer d'éviter les chacards. »

Dimanche, Gilles Pelletier*
* Pseudonyme de Gil P. Le Thiais, écrivain et poète anonyme

hioge

{'ioj'} n. f.

insolation pendant un enterrement

hize

{iz'} n. f.

vieille gaffe qui vous hante encore

hœbuider

{é-bui-dé} verbe

arriver en retard parce qu'on habite à côté

hœux

{'euks'} n. inv.

partenaire qui s'ennuie quand
c'est l'autre qui joue
(*crapette, billard, théâtre, lit*)

hude

{'ud'} n. f.

poche où ça y était pas tout à
l'heure, et pourtant ça y était quand
même puisque ça y est maintenant

huindre

{'u-indr'} verbe

s'égarer au premier rond-point alors
qu'on vient de vous expliquer
l'itinéraire en détail
par ext : se souvenir d'avoir posé
la question mais pas du tout
de la réponse

hurseoir

{'ur-sou-ar} verbe

s'engager en courant dans
un escalator en panne

com. : annoncer une bonne nouvelle
à des gens qui la connaissaient déjà

igourie

{i-gou-ri} n. f.

don inné pour chercher d'abord
dans la mauvaise poche

igvimitsir

{ig-vi-mit'-sir} verbe

rester jusqu'à la fin de la fête
alors qu'on pique du nez

igvir

{ig-vir} verbe

se réveiller au volant en train
de conduire sur l'autoroute

« […] Je n'en finissais pas de gæzinir
à la pompe automatique, quand je vois,
tels des cuses dans le brouillard, une
dizaine de treus rieurs descendre d'une

adchica volante. Je saute dans ma voiture, j'enclenche la première, mais le plus costaud, hilare, ouvre déjà la portière. Pas plus fier qu'un ranilou, je piaseille et je balance dans son œil unique la duine de Gouvres que Tante Monique m'avait laissée sur la banquette arrière. C'est au moment où il m'a arraché l'oreille comme on arrache une luche que j'ai **igvi**. »

Dimanche, Gilles Pelletier*
* Pseudonyme de Gil P. Le Thiais, écrivain et poète anonyme

illioffer

{il-lio-fé} verbe

tirer sur son lacet pour le dénouer
et se retrouver avec un double-nœud
bien serré

imiouter

{i-mi-ou-té} verbe

se changer sur la plage

inflousser

{in-flou-sé} verbe

enfiler son pantalon avec le slip
de la veille coincé dans une jambe

ir

{ir} verbe

mourir avant d'avoir rangé
ses affaires

(voir **moorsme**)

« [...] On allait à Veules-les-Roses.
Maman tricotait nos fréclets dans le train.
Elle obrisaillait et veillait bien à ce qu'on
ne jette pas nos gyasebs par la fenêtre.
Dès qu'on arrivait sur la plage, avec mon
frère on subissait la batana des cousins
qui tchernuzissaient déjà dans les algues.
Maman et Tante Monique ousse-clichemur-
naient à tour de rôle. Parfois Mémé nous
accompagnait. Telle une létidatopistagine,
elle restait assise sur les galets et se plaignait
de wagardir. Mémé a **i** à Veules-les-Roses.
Après, on a préféré Étretat. »

Dimanche, Gilles Pelletier*

* Pseudonyme de Gil P. Le Thiais, écrivain et poète anonyme

itibivoir

{i-ti-bi-vouar} verbe

retrouver un pense-bête trop tard

izguter

{iz-gu-té} verbe

intervenir avec véhémence dans une conversation où on ne parlait pas du tout de ça

jagun

{ja-ghun} n. m.

langage à base d'infinitifs, de « il »,
de « elle » et de « on », pour éviter
le « tu » et le « vous »
(avec la maman de sa fiancée,
son vieil instituteur communiste,
une **davernude**…)

jangandon

{jan-gan-don} n. m.

ville inaudible dans le haut-parleur
du TER désert

jeanpainjean

{jan-pin-jan} n. m.

voisin qui a trouvé vos clefs sur votre boîte à lettres et les a mises dans votre boîte à lettres avec un mot : « j'ai trouvé vos clefs sur votre boîte à lettres »

jérugneau

{jé-ru-niô} n. m.

passage d'une position à une autre à une autre à une autre pour lire au lit

joche-burer

{joch'-buré} verbe

associer deux plaisirs qui s'annulent
ex : écouter l'adagio de la *Cinquième* de Mahler en dégustant un tourteau

jontevir

{jon-te-vir} verbe

passer sans monnaie devant la dame pipi

jorobrahir

{jo-ro-bra-ir} verbe

relire à jeun l'idée géniale qu'on
a notée dans la nuit
par ext. : ne pas réussir à se relire

jouelle

{jou-èl} n. f.

personne qui chante en même
temps que le disque

jouelliste

{jou-èl-list'} n.

(voir **ornottoubiisme**)

jubiau

{ju-biô} n. m.

guichet où ça n'est plus le même
employé quand vous revenez
deux minutes plus tard avec
le renseignement qui manquait

jubitir

{ju-bi-tir} verbe

sortir souriant mais effondré de chez le coiffeur

jubjoter

{jub'-jo-té} verbe

émerger d'un rêve sans savoir la fin et tenter d'y retourner pour connaître la suite

« [...] Dehors je **jubjotais** encore. Le pani-pané de la nuit dans mon aftoube m'avait paradoxalement mis à plat. Ma valvarope était comme le ciel. Dans la limogoulème tout était fermé... Je me suis dit : « Bon, pas d'hembernoët aujourd'hui. » Mais sur le chemin du retour, l'idée de ne pas avoir ma guézette du matin... J'étais parti pour une bonne journée de bârues, à essayer d'éviter les chacards. »

Dimanche, Gilles Pelletier*

* Pseudonyme de Gil P. Le Thiais, écrivain et poète anonyme

kabtinguir
{kab-tin-ghir} verbe
pleurer à chaque fois qu'on entend la « Marseillaise » parce qu'on s'est fait plaquer un 14 juillet

kaoplanazyl
{ka-o-pla-na-zil} n. m.
ordonnance dont on n'a toujours pas acheté les médicaments

kaxpourder
{kaks-pour-dé} verbe
ne pas aimer son nouvel agenda

kaypourder
{kay'-pour-dé} verbe
avoir deux agendas

kazpourder
{kaz'-pour-dé} verbe
ne pas avoir besoin d'un nouvel agenda

kéma-kézer
{ké-ma-ké-zé} verbe
présenter des amis qui auraient
pourtant dû très bien s'entendre

kilvirouët
{kil-vi-rou-èt'} n. m.
« Bar des amis » en juillet devenu
« Au rendez-vous des chasseurs »
en septembre

klom
{klom'} n. m.
fermeture Éclair qui s'est ouverte
par le bas pour rejoindre la tirette
coincée à mi-chemin

knorte

{knort'} n. f.

grosse peur de mourir parce qu'on vient de réussir un concours d'entrée

« [...]

EVGUÉNI, *frissonnant.* – Anouchka !

Anouchka, mon petit pigeon, parle enfin !

(Un temps.)

ANOUCHKA. – ... Il y gagna une **knorte**

et de fait en mourut... *(Elle s'effondre*

en sortant précipitamment.) Ah !... »

« [...]

Le Colvert, Acte III, scène 2, Anne I. Tatiana
trad. Gilles Pelletier*
* Pseudonyme de Gil P. Le Thiais, écrivain et poète anonyme

Koptonn-Ploquin

{kop-ton'-plo-kin} n. f.

voiture que vous doublez dans les descentes et qui vous double dans les montées

kpètre

{kpè-tr'} n. m.

bandeau accrocheur qui vous a fait acheter un livre dont vous n'avez pas besoin

par ext. : monsieur ou dame qu'on ne reconnaît pas au réveil.

krofèle

{kro-fèl} n.

invité(e) du réveillon qui beugle dès le premier verre, écrase sa cigarette sur le tapis, vomit sur les manteaux et se suicide dans la chambre d'à côté

par ext. : petit poil au bout de la plume du stylo

kuridazir

{ku-ri-da-zir} verbe

ne plus faire aucun progrès en rien

L

laguindouir

{la-ghin-dou-ir} verbe

attendre à côté de son chien qui fait ses besoins

lakimase

{la-ki-maz'} n. f.

chute d'une larme sur un courrier vous obligeant à le refaire les yeux secs

létidatopistagine

{lé-ti-da-tô-pis'-ta-jin'} n. f.

personne élégante dont on ne sait pas quoi faire sur la plage

« [...] On allait à Veules-les-Roses. Maman tricotait nos fréclets dans le train. Elle obrisaillait et veillait bien à ce qu'on ne jette pas nos gyasebs par la fenêtre. Dès qu'on arrivait sur la plage, avec mon frère on subissait la batana des cousins qui tchernuzissaient déjà dans les algues. Maman et Tante Monique ousse-clichemurnaient à tour de rôle. Parfois Mémé nous accompagnait. Telle une **létidatopistagine**, elle restait assise sur les galets et se plaignait de wagardir. Mémé a i à Veules-les-Roses. Après, on a préféré Étretat. »

Dimanche, Gilles Pelletier*
* Pseudonyme de Gil P. Le Thiais, écrivain et poète anonyme

lichon-vogne

{li-chon-von'-ye} n. m.
minuterie minutieusement réglée pour vous laisser dans le noir entre deux étages

limogoulème

{li-mo-gou-lèm'} n. f.
rue piétonne des centres-villes
« [...] Dehors je jubjotais encore. Le pani-pané de la nuit dans mon aftoube m'avait paradoxalement mis à plat.

Ma valvarope était comme le ciel.
Dans la **limogoulème** tout était fermé...
Je me suis dit : « Bon, pas d'hembernoët aujourd'hui. » Mais sur le chemin du retour, l'idée de ne pas avoir ma guézette du matin... J'étais parti pour une bonne journée de bârues, à essayer d'éviter les chacards. »

Dimanche, Gilles Pelletier*
* Pseudonyme de Gil P. Le Thiais, écrivain et poète anonyme

être **linolinalino**

{li-nô-li-na-li-nô} n. inv.

être lâché dès le début de la fête par ceux qui ont tant insisté pour vous y emmener

liotte
{liot'} n. f.
dilemme noctambule se résumant à :
« j'y vais ou j'en r'prends un ? »

liottée
{lio-tée} n. f.
dernier verre que le patron
vous offre au moment où vous
vous décidiez enfin à partir

faire **llamas**
{lia-mas'} n. inv.
chercher le bout de shit tombé sur
la moquette marron
par ext. : s'installer devant
la page blanche

loluber
{lo-lu-bé} verbe
parler à quelqu'un qui garde
ses lunettes de soleil

lornidien, ienne

{lor-ni-di-in, ièn'} n.

personne à la table d'à côté qui écoute tout ce que vous dites

loustaner

{lous'-ta-né} verbe

cacheter l'enveloppe avant d'inscrire l'adresse qui est sur la lettre à l'intérieur

louston

{lous'-ton} n. m.

cadeau déjà empaqueté dont on ne sait plus ce qu'il y a dedans

luche

{lu-che} n. f.

étiquette de col qui vous agace la nuque depuis le matin

« [...] Je n'en finissais pas de gæzinir à la pompe automatique, quand je vois, tels des cuses dans le brouillard, une dizaine de treus rieurs descendre d'une adchica volante. Je saute dans ma voiture, j'enclenche la première, mais le plus costaud, hilare, ouvre déjà la portière. Pas plus fier qu'un ranilou, je piaseille et je balance dans son œil unique la duine de Gouvres que Tante Monique m'avait laissée sur la banquette arrière. C'est au moment où il m'a arraché l'oreille comme on arrache une **luche** que j'ai igvi. »

Dimanche, Gilles Pelletier*

* Pseudonyme de Gil P. Le Thiais, écrivain et poète anonyme

luer

{lu-é} verbe

avaler un insecte volant
dans l'ascension à vélo de la côte
de Kergouvres

faire **luglou**

{lu-glou} n. inv.

ne pas boire en famille pour faire
croire qu'on a arrêté

lunoise

{lu-noiz'} n. f.

allumette déjà grillée dans la boîte

M

mabziner

{mab-zi-né} verbe

se réveiller dans l'évidence qu'on est un raté, qu'on a tout raté

manjir

{man-jir} verbe

hésiter entre « l'italien » où on était la dernière fois, « le français » mais il a baissé, « le chinois » mais il est un peu loin et « le japonais » mais y a jamais personne

mazerf

{ma-zerf} n. m.

tome 2 d'un ouvrage dont on ne possède pas le tome 1

mécatal

{mé-ka-tal} n. m.

employé des pompes funèbres
ivre mort

ménairbe

{mé-nèrb} n.

enfant-hurleur des autres
par ext. : père ou mère de ménairbe
expr. : *« hurler plus fort que les ménairbes »*, tenter l'impossible

meufi

{meu-fi} n. m.

buée sur les lunettes pendant l'absorption d'une boisson chaude

miasliquer

{mi-as'-li-ké} verbe

s'asseoir sur son chat

moinge
{mou-in-j'} n. f.
silence obstiné
ex. : moinge du conducteur de bus, stoppé au feu rouge juste après l'arrêt, à qui l'on demande d'ouvrir la porte

ousse-moinge
{ous'-} n. f.
moinge à deux sur une île

moorsme
{mô-orsm'} n. m.
tracas de trépas

ir
{ir} verbe
mourir avant d'avoir rangé
ses affaires
« [...] C'est en faisant du ski qu'il **it** »
Lames de fond, Annie Tathiana

maoûrir
{ma-ou-rir} verbe
mourir en vacances

mouir
{mou-ir} verbe
mourir tout nu

moumaoûrir
{mou-ma-ou-rir}
mourir tout nu en vacances
avant d'avoir rangé ses affaires

rmir

{rmir} verbe

mourir avant d'avoir
les résultats de ses radios

toubader

{tou-ba-dé} verbe

partir en avance et mourir
en chemin

ousse-toubader

{ous'-} verbe

partir pour une fois en
avance et mourir en chemin

ousse-moorsme (inusité)
ou **trémoorsme**

{tré-mô-orsm} n. m.

tracas d'outre-tombe

tarnadoscafiser

(voir **tarnadoscafiser**)

vivrir

{vi-vrir} verbe

être aimé parce qu'on est mort

■

moudane
{mou-da-n'} n.
ancienne connaissance qui vous
laisse des messages de 17 minutes
ou 17 messages d'une minute

mouflant
{mou-flan} n. m.
fois gras, gras
au pl. : amoureux énamourés

moulaphia
{mou-la-fia} n. m.
stylo qui fuit dans la poche-poitrine

moulaphiater
{mou-la-fia-té} verbe
réfléchir en suçant son feutre
par le mauvais bout

nabinoder

{na-bi-no-dé} verbe

replacer du pied un livre
qui dépasse et faire tomber
toute la bibliothèque

napir

{na-pir} n. m.

propriétaire habitant dans le même
immeuble que son locataire

naude

{nôd'} n. f.

coquille d'œuf dur qui refuse de
se séparer du blanc

necquiller

{né-ki-yé} verbe

aimer depuis vingt ans ce qui devient à la mode

néké

{né-ké} n. m.

guêpe qui vous suit partout où vous allez

(voir **troosme**)

nénépol

{né-né-pol'} n. m.

cendrier plein au réveil

néninailléner

{né-ni-na-yé-né} verbe

penser très fort ou chanter tout bas pour ne pas être englué par la conversation de ses voisins

netch

{nètch'} n. m.

mégot qui fume quelque part dans le cendrier plein

nicôler

{ni-cô-lé} verbe

faire toujours les mêmes courses

niplozère

{ni-plo-zèr} n. m.

lecteur par-dessus votre épaule

noscabindouir

{nos'-ka-bin-dou-ir} verbe

dévisser le plafonnier pour changer l'ampoule, debout sur le lit

obrisailler

{o-bri-za-yé} verbe

montrer un beau château au moment où le train s'engouffre dans un tunnel

« [...] On allait à Veules-les-Roses. Maman tricotait nos fréclets dans le train. Elle **obrisaillait** et veillait bien à ce qu'on ne jette pas nos gyasebs par la fenêtre. Dès qu'on arrivait sur la plage, avec mon frère on subissait la batana des cousins qui tchernuzissaient déjà dans les algues. Maman et Tante Monique ousse-clichemurnaient à tour de rôle. Parfois Mémé nous accompagnait. Telle une létidatopistagine, elle restait assise sur les galets et se plaignait de wagardir.

Mémé a i à Veules-les-Roses. Après,
on a préféré Étretat. »

Dimanche, Gilles Pelletier*
* Pseudonyme de Gil P. Le Thiais, écrivain et poète anonyme

ogartir

{o-gar-tir} verbe

se rappeler seulement qu'on a dit :
« ça va, je m'en souviendrai ! »

ojaar

{o-ja-ar} n. m.

écho-écho de sa propre-pre voix-oua
dans le portable-ble

olpètre

{ol-pètr} n. m.

conversation inintéressante dans
laquelle vous vous êtes englué

tirer l'**olpètre**

être assis à table entre deux
personnes qui ont beaucoup
de choses à se dire

être **omar**

{o-mar} n. inv.

être pris pour celui qui vient
de klaxonner

(voir **troosme**)

oniocimir

{o-nio-si-mir} verbe

offrir le même cadeau en moins bien

oozie

{ou-zi} n. f.

mouche qui se cogne et se recogne
contre la vitre au lieu de sortir par
la fenêtre qu'on lui a ouverte

opreller

{o-prèl-lé} verbe

vomir tout son petit-déjeuner
sur le tableau de bord

ornottoubiisme
{or-not'-tou-bi-isme} n. m.
tracas d'acteur

brage
{bra-je} n.
partenaire déjà prêt à la première répétition

brâge
{brâ-je} n.
partenaire qui, à la centième représentation, n'a pas changé d'intonations depuis la première répétition où déjà il était prêt

coussir
{cou-sir} verbe
rappeler pour dire non à une proposition

coussoindre

{cou-sou-in-dre} verbe

rappeler pour dire non
après avoir dit oui

coussuiner

{cou-sui-né} verbe

rappeler pour dire oui
mais trop tard

jouelliste

{jou-èl-list'} n.

partenaire qui murmure votre
texte en même temps que
vous le jouez et qui vous souffle
si vous prenez un temps
(voir **jouelle**)

pfi

{pfi} n. m.

metteur en scène qui vous crie :
« détends-toi ! »

finir **pon**

{pon} n. inv.

se découvrir simple figurant dans
un film parce qu'on a coupé
toutes vos scènes au montage
sauf celle où vous tenez
silencieusement la porte à l'acteur
principal

ry

{ri} n. f.

1. long gargouillis dans votre
estomac pendant que vous
jouez un spectacle de Bob Régy
2. long gargouillis dans
votre estomac pendant que vous
assistez à un spectacle de Bob Régy

■

otolder

{o-tol-dé} verbe

présenter son nouveau compagnon (sa nouvelle compagne) à sa famille

otoldir

{o-tol-dir} verbe

être présenté(e) par votre amoureux(-se) à ses amis qui aimaient beaucoup celui ou celle qui vous a précédé(e)

par ext. : arriver un peu après la rentrée des classes

oukouloumougnou

{ou-kou-lou-mou-niou} n. m.

attaque fulgurante du chien tapi derrière la vitre

ousse-oukouloumougnou

{ous'-} n. m.

attaque fulgurante du chien tapi derrière l'absence de vitre

oulguler

{oul-gu-lé} verbe

retrouver une punaise perdue
grâce à son pied nu

ouma-ouma

{ou-ma-ou-ma} n. m.

question que vous pose le dentiste
quand il a ses doigts dans votre
bouche

ouspégéca

{ous'-pé-jé-ka} n. m.

tracas rare, voire très rare

exemples :

– être soulevé par la trappe d'un restaurant
– être exclu à vie du golf de Chantilly
– croiser le regard d'un copain qui vous croyait mort
– rattraper à mains nues un cactus qui tombe
– chercher son dentier tombé quelque part dans les orties
– vomir de rire

ousse-

{ous'-} préfixe inv.

comble du mot qu'il précède

ousse-agdonvrer

ousse-byramboé

ousse-calonia

ousse-clichemurner

ousse-dadu

ousse-double-riquesta

ousse-dreps

ousse-mener glambule

ousse-moinge

ousse-moorsme

ousse-oukouloumougnou

ousse-plute

ousse-strasliquer

ousse-toubader

ousse-touhamem (!)

ousse-zoupard (inusité)

oxu

{o-gzu} n. m.

objet qu'on vient de retrouver et qu'on reperd aussitôt

(voir **xu**)

ozag

{o-zag'} n. m.

soulier gauche plus serré que le droit

syn. contr. : **azog**

prov. : *« de l'ozag à l'azog il n'y a qu'un pas »*

P

pani-pané

{pa-ni-pa-né} n. m.

insomnie rythmée par : « j'rallume la lumière ou j'laisse faire le moustique ? »

« [...] Dehors je jubjotais encore. Le **pani-pané** de la nuit dans mon aftoube m'avait paradoxalement mis à plat. Ma valvarope était comme le ciel. Dans la limogoulème tout était fermé... Je me suis dit : « Bon, pas d'hembernoët aujourd'hui. » Mais sur le chemin du retour, l'idée de ne pas avoir ma guézette du matin... J'étais parti pour une bonne journée de bârues, à essayer d'éviter les chacards. »

Dimanche, Gilles Pelletier*

*Pseudonyme de Gil P. Le Thiais, écrivain et poète anonyme

pani-paner

{pa-ni-pa-né} verbe

1. ne pas réclamer de l'argent prêté
2. réclamer de l'argent prêté

parcopolir

{par-ko-po-lir} verbe

manger son plateau-repas
à la place du milieu dans l'avion

parnotier

{par-no-ti-é} n. m.

réparateur qui passera entre
huit heures et dix-sept heures

patoplasbille

{pa-to-plas'-bi-ye} n. f.

socquette seule au sortir de la
machine à laver

pégaud

{pé-gô} n. m.

tube dont le refrain ne vous sort pas
de la tête

pégaudie

{pé-gô-die} n. f.

longue attente avec musique
« Grand Siècle » dans l'écouteur
du combiné du téléphone

penquetonner

{pin-ke-to-né} verbe

dîner seul au restaurant à côté
d'un sapin de Noël qui clignote

pfi

{pfi} n.

(voir **ornottoubiisme**)

piaseiller

{pia-zé-yé} verbe

rire comme les autres pour faire croire
que vous avez compris la blague

« [...] Je n'en finissais pas de gæzinir
à la pompe automatique, quand je vois,
tels des cuses dans le brouillard, une
dizaine de treus rieurs descendre d'une
adchica volante. Je saute dans ma voiture,

j'enclenche la première, mais le plus costaud, hilare, ouvre déjà la portière. Pas plus fier qu'un ranilou, je **piaseille** et je balance dans son œil unique la duine de Gouvres que Tante Monique m'avait laissée sur la banquette arrière. C'est au moment où il m'a arraché l'oreille comme on arrache une luche que j'ai igvi. »

Dimanche, Gilles Pelletier*
* Pseudonyme de Gil P. Le Thiais, écrivain et poète anonyme

pidise

{pi-diz'} n. f.
musique : « bis » qui n'en finit pas

piédouzer

{pié-dou-zé} verbe
manger son dessert à côté de quelqu'un qui en est au fromage
par ext. : dîner chez un couple qui s'engueule

pio-pla

{pio-pla} n. m.

élastique de slip ou de socquette
qui blesse et qui boudine

pi-pli-po

{pi-pli-pô} n. m.

robinet dont le jet s'arrête dès
qu'on lâche le bouton-poussoir

« [...] Camille **chavognait** sous un **pi-pli-po**
quand Camille le vit pour la première fois »
Camille et Camille, Annie Tatiana
(voir **chavogner**)

pitafincer

{pi-ta-fin-sé} verbe

casser la poignée de sa valise en
courant dans les couloirs du métro

pitapo

{pi-ta-pô} n. m.

objet prêté qui pète

Plétriniens

{plé-tri-ni-in} n. m. pl.

personnes qui, pour avouer leur plus gros défaut, se vantent d'une qualité

ex. : « je suis trop gentil, je suis trop généreux, je suis trop sensible, je suis trop… »

pligotie

{pli-go-tie} n. f.

recommandation aussi bienveillante qu'inutile

ex. : « Attention, ne vous coupez pas ! » quand vous ramassez du verre cassé

ploïcher

{ploy'-ché} verbe

regarder un bon film à côté de quelqu'un qui mange un sandwich grec

plute
{plut'} n. f.
prix oublié sur un cadeau

ousse-plute
{ous'-} n. f.
... et c'était en solde

pomphiase
{pon-fiaz'} n. f.
braise de cigarette qui se consume lentement dans le revers de votre pantalon

finir **pon**
{pon} n. inv.
(voir **ornottoubiisme**)

pouer

{pou-é} verbe

découvrir à la fin du paragraphe qu'on ne se souvient de rien de ce qu'on vient de lire

poutskov

{pout'-skof} n. m.

chapitre 2 d'un roman russe que vous relisez pour la troisième fois pour vérifier si « Katioucha », « Macha », « Maria Fedorovna », et « ma petite Douchenka » sont bien la même personne

prapanluter

{pra-pan-lu-té} verbe

se prendre une baleine de parapluie dans l'œil et se faire engueuler par le propriétaire

prender pipo-zinzin

{pran-dé} verbe

{pi-pô-zin-zin} n. m. inv.

se faire engueuler par le clown

priadour
{pri-a-dour} n. m.
durée d'apnée nécessaire au changement de la litière du chat

psonque
{psonk'} adj.
franchement moche sur la photo

puace
{pu-as'} n. f.
fond de verre de vin insuffisant pour faire une gorgée

puiffer
{pui-fé} verbe
se demander soudain si on n'avait pas plutôt rendez-vous ailleurs, ou ici mais hier

(pas de Q dans *le baleinié*)

R

rabui

{ra-bui} *n. m.*
chambre médiocre dans un « hôtel trois étoiles »
au pl. : coups d'aspirateur matinaux contre la porte de votre chambre

rambe

{ramb'} *n. f.*
plat trop éloigné pour qu'on puisse se servir
ex. : « Placé comme je suis, c'est la rambe assurée ! »

ranilou

{ra-ni-lou} n. m.

biscuit qui se désagrège au premier trempage dans votre tasse de thé

« [...] Je n'en finissais pas de gæzinir à la pompe automatique, quand je vois, tels des cuses dans le brouillard, une dizaine de treus rieurs descendre d'une adchica volante. Je saute dans ma voiture, j'enclenche la première, mais le plus costaud, hilare, ouvre déjà la portière. Pas plus fier qu'un **ranilou**, je piaseille et je balance dans son œil unique la duine de Gouvres que Tante Monique m'avait laissée sur la banquette arrière. C'est au moment où il m'a arraché l'oreille comme on arrache une luche que j'ai igvi. »

Dimanche, Gilles Pelletier*

* Pseudonyme de Gil P. Le Thiais, écrivain et poète anonyme

rasclap

{ras'-klap} n. m.

fenêtre de la voiture-bar du TGV conçue pour vous barrer le paysage

rebourluter
{re-bour-lu-té} verbe
faire des efforts énormes pour que ça se passe juste à peu près bien
(voir **bourlu**)

rerebourluter
{re-re-bour-lu-té} verbe
faire pleurer tout le monde

recegir
{re-se-jir} verbe
proposer du vin aux autres parce qu'on a soif soi-même

rétolburer
{ré-tol-bu-ré} verbe
partir en claquant violemment une porte à fermeture hydraulique
onir. : donner un coup de poing en rêve

rétrotroosme

{ré-trô-trô-ôsm'} *n. m.*

(voir **troosme**)

reuchcalbonite

{reuch-kal-bo-nit'} *n. f.*

tendance à se ravitailler plutôt
à la pompe suivante avec la jauge
dans le rouge

rézader

{ré-za-dé} *verbe*

boire un rafraîchissement qui
donne soif

rigouduire

{ri-gou-du-ir} *verbe*

attendre devant la machine à laver
qu'elle veuille bien se rouvrir

riol

{ri-ol} *n.m.*

ongle qui s'accroche à une maille
du collant

expr : « passer de riol en cuigne »,
augmenter un problème en voulant le résoudre
(voir **cuigne**)

riroriner

{ri-ro-ri-né} verbe

continuer à parler pendant qu'on essaie de retrouver le fil de son discours

rizzigordi

{ri-dzi-gor-di} n. m.

collant ou testicule qu'on n'ose pas rajuster parce qu'il y a du monde

rmir

{rmir} verbe

(voir **moorsme**)

roarteux, euse

{ro-ar-teu, euz'} adj.

malade et odieux

être **rojémario**

{ro-jé-ma-riô} n. inv.

être choisi par le prestidigitateur

rosmocassade

{ros'-mô-kas'-sad'} n. f.

bouchée qu'on sonde plus ou moins discrètement avec sa langue pour retrouver l'arête

être **roumpo**

{roum'-pô} n. inv.

être le seul à qui on n'a pas volé le portefeuille dans le vestiaire

ruiquer

{rui-ké} verbe

se couper les ongles de la bonne main avec la mauvaise

ry

{ri} n. f.

(voir **ornottoubiisme**)

sagliater

{sa-gli-a-té} verbe

préférer mentir

ex. : « – Je te réveille ?

– Non, pas du tout ! »

saspigoule

{sas-pi-goul'} n. f.

découverte tardive d'un bout de verdure coincé entre vos dents

scovio

{skô-viô} n. m.

annonce sur le répondeur qui vous fait croire que c'est votre interlocuteur qui décroche

seillon-pinquer
{sé-yon-pin-ké} verbe
devoir expliquer ce qu'il y avait de drôle dans l'histoire drôle

sirmouffer
{sir-mou-fé} verbe
sentir que la personne arrivée après vous va essayer de passer devant

solpodorapette
{sol-pô-do-ra-pèt'} n. f.
créature sublime dotée d'une voix de canard

somtamer
{som'-ta-mé} verbe
ne plus oser bouger les genoux pour ne pas déranger le chat

soscomaze
{sos'-ko-maz'} n.
personne qui ne vous lâche plus parce que vous lui avez un jour rendu un service

souçanparde

{sou-san-pard'} n. f.

énième tentative de dénicher la cigarette fantôme d'un paquet désespérément vide

spgk*

{ès'-pé-jé-ka} n. m. inv.

renvoi d'un mot à un autre à un autre à un autre dans le dictionnaire

syn. : **æspégéca*** et **espégéca***

spovia

{spo-via} n. f.

radio qui ne marche que quand on lui tient l'antenne

par ext. : adolescent peu porté sur les études

spricariner

{spri-ka-ri-né} verbe

se faire très mal tout seul

ex. : éternuer en se mordant la langue

spru

{spru} n. m.

verre en plastique légèrement
fendillé

stise-tameur, euse

{stiz'-ta-meur, euz'} n.

ami(e) qui ne vous croit pas
alors que c'est vrai
par ext. : fonctionnaire qui ne
vous croit pas

strasliquer

{stra-sli-ké} verbe

s'asseoir sur ses lunettes

ousse-strasliquer

{ous'-} verbe

s'asseoir sur les lunettes
de son voisin

subfiasir

{sub-fia-zir} verbe

faire bien attention de ne pas
se tacher et se tacher
ex. : s'essuyer les doigts sur son
pantalon parce que la serviette
a glissé

sultrégir

{sul-tré-jir} verbe

découvrir que Machin n'est plus
fâché avec Bidule alors qu'on s'était
fâché avec Bidule pour soutenir
Machin

T

tacoubanasser

{ta-kou-ba-na-sé} verbe

découper la galette en heurtant la fève du premier coup

tana

{ta-na} n. m.

démangeaison impossible à localiser

tarnadoscafiser

{tar-na-dô-ska-fi-zé} verbe

s'étonner de ne connaître personne et découvrir qu'on s'est trompé d'enterrement

par ext. d'outre-tombe : être ignoré à son propre enterrement

*spgk** : **trémoorsme**

tchermuzer

{tchèr-mu-zé} verbe

marcher dans une crotte avec des chaussures neuves

tchernuzir

{tchèr-nu-zir} verbe

poser son pied nu sur quelque chose de mou

« [...] On allait à Veules-les-Roses. Maman tricotait nos fréclets dans le train. Elle obrisaillait et veillait bien à ce qu'on ne jette pas nos gyasebs par la fenêtre. Dès qu'on arrivait sur la plage, avec mon frère on subissait la batana des cousins qui **tchernuzissaient** déjà dans les algues. Maman et Tante Monique ousse-clichemurnaient à tour de rôle. Parfois Mémé nous accompagnait. Telle une létidatopistagine, elle restait assise sur les galets et se plaignait de wagardir. Mémé a i à Veules-les-Roses. Après, on a préféré Étretat. »

Dimanche, Gilles Pelletier*

* Pseudonyme de Gil P. Le Thiais, écrivain et poète anonyme

tescaliédo

{tès'-ka-lié-dô} n. m.

raccourci habituel emprunté
par un camion-poubelle
rhéto. : résumé qui n'en finit pas

thoopard

{ qou-pard'} n. m.

(voir **zoupard**)

toire

{tou-ar} n. f.

talon de socquette s'obstinant
à glisser sous le pied

toireauter

{toua-rô-té} verbe

rechercher le cordon de capuche
recroquevillé dans son ourlet

tonkoler

{ton-ko-lé} verbe

se laver un pied sous la douche

tophoxer
{to-fo-ksé} verbe
se claquer sauvagement l'oreille
en voulant écraser un moustique
qui tournait autour
papet. : froisser la feuille en gommant
une virgule

toubader
{tou-ba-dé} verbe
(voir **moorsme**)

touhamem (!)
{tou-a-mèm'} n. f.
réplique imparable qui ne vous vient
que quand l'ennemi est déjà loin

ousse-touhamem (!)
{ous'-} n. f.
réplique imparable qui ne vous
vient toujours pas, même quand
l'ennemi est déjà loin

trémoorsme

{tré-mô-orsm} n. m.

(voir **moorsme**)

être **treu**

{treu} n. m.

être le sosie de quelqu'un qu'on n'aime pas

« [...] Je n'en finissais pas de gæzinir à la pompe automatique, quand je vois, tels des cuses dans le brouillard, une dizaine de **treus** rieurs descendre d'une adchica volante. Je saute dans ma voiture, j'enclenche la première, mais le plus costaud, hilare, ouvre déjà la portière. Pas plus fier qu'un ranilou, je piaseille et je balance dans son œil unique la duine de Gouvres que Tante Monique m'avait laissée sur la banquette arrière. C'est au moment où il m'a arraché l'oreille comme on arrache une luche que j'ai igvi. »

Dimanche, Gilles Pelletier*

* Pseudonyme de Gil P. Le Thiais, écrivain et poète anonyme

trisseoir

{tri-sou-ar} verbe

gommer les traces de gomme

troosme

{trô-ôsm'} n. m.

tracas de water

troosme-agoudi

P.Q. se coupant trop court
à chaque tirage
(voir **agoudir**)

troosme arctique

W.-C. où on se les gèle

troosme assis

absence de P.Q.

troosme-beccari

W.-C. sans verrou
(voir **beccari**)

troosme-braille

W.-C. sans lumière

troosme-couffiarde

lunette fendue qui pince les fesses
(voir **couffiarde**)

troosme-empolèse
déception de s'apercevoir qu'une certaine personne « fait » comme tout le monde
(voir **empolèse**)

troosme ♀
{trô-ôsm'-fi-ye}
lunette relevée

troosme ♂
{trô-ôsm'-gar-son}
lunette qui ne tient pas relevée

troosme-joche-burer
faire caca ailleurs que chez soi
(voir **joche-burer**)

troosme-krofèle
premier jet qui part en biais
(voir **krofèle** *par ext.*)

troosme-llamas
début de rouleau introuvable
(voir **llamas**)

troosme-luglou
« faire » silencieusement pour
faire croire qu'on ne « fait » pas
(voir **luglou**)

troosme-lunoise
cuvette déjà pleine à votre arrivée
(voir **lunoise**)

troosme-néké
frelon qui vient vous visiter
dans les toilettes
(voir **néké**)

troosme-oukouloumougnou
commission qui n'a pas pu attendre
(voir **oukouloumougnou**)

troosme-plute
trace sur la lunette
(voir **plute**)

troosme-prapanluter
se faire engueuler par quelqu'un
qui a oublié de mettre le verrou
(voir **prapanluter**)

troosme-puace
chasse d'eau insuffisante
nécessitant l'attente d'un deuxième
remplissage du réservoir
(voir **puace**)

troosme-rebourlutant
feuilles trop serrées dans
le distributeur fermé à clé
(voir **rebourluter**)

troosme-rétro ou **rétrotroosme**
feuille de P. Q. de texture
papier calque

troosme-riquesta
W.-C. exigu dont la porte frôle
la lunette
(voir **double-riquesta**)

troosme-sncf
changement de voie pendant…

troosme-vova
chasse d'eau inopérante,
après la grosse commission,
et pas chez soi
(voir **vova**)

troosmer-niagara

{trô-ôs'-mé-} verbe

tenter d'actionner la chasse d'eau d'un W.-C. à la turque sans inonder ses chaussures

troosmer-omar

{trô-ôs'-mé-} verbe

croiser quelqu'un en sortant de toilettes qui empestaient avant votre arrivée

(voir **omar**)

troosme-némo (inusité) ou **troosnémo**

{trô-ôs'-né-mo} n. m.

chute de téléphone portable dans la cuvette

■

trumir
{tru-mir} verbe
applaudir un verre à la main

tuitichuire
{tui-ti-chu-ir} verbe
jouer de la trompette après
un détartrage

ubasipitap

{u-ba-zi-pi-tap'} n. m.

sourire qu'on connaissait si bien qui maintenant ne vous est plus adressé

ubault

{u-bô} n. m.

baignoire qui déborde quand on se met dedans

ubocher

{u-bo-ché} verbe

enfiler son col roulé en ayant gardé ses lunettes

ufiade

{uf-yad'} n. f.

fiente de pigeon que les essuie-glaces tartinent sur tout votre pare-brise

ufregram

{u-fre-gram'} n. m.

nom de votre interlocuteur toujours aussi incompréhensible la deuxième fois qu'il vous le répète

ulmaïder

{ul-ma-i-dé} verbe

solliciter sa première Carte Vermeil et voir l'employé vous demander si c'est pour un renouvellement

usmuss

{us'-mus'} n. m.

carie visitée par une glace à la vanille

V

valmoveuse

{val-mô-veuz'} n. f.

facture avec TVA demandée à l'issue d'un repas amoureux

valvarope

{val-va-rop'} n. f.

chemise encore humide qu'on doit enfiler

« [...] Dehors je jubjotais encore.
Le pani-pané de la nuit dans mon aftoube m'avait paradoxalement mis à plat.
Ma **valvarope** était comme le ciel.
Dans la limogoulème tout était fermé...
Je me suis dit : « Bon, pas d'hembernoët aujourd'hui. » Mais sur le chemin du retour, l'idée de ne pas avoir ma guézette du matin... J'étais parti pour une bonne

journée de bârues, à essayer d'éviter
les chacards. »

Dimanche, Gilles Pelletier*
*Pseudonyme de Gil P. Le Thiais, écrivain et poète anonyme

vanguiller

{van-ghi-yé} verbe
être prêt une heure trop tôt

vangume

{van-gum'} n. f.
personne toujours prête
une heure trop tôt

vertiglia

{vèr-ti-gli-a} n. f.
joli vêtement qui ne va avec rien

vertiglier

{vèr-ti-gli-é} verbe
jeter quelque chose qui ne sert à
rien depuis toujours et en avoir
justement besoin le lendemain

viècre

{vi-ècr'} n. m.

automobiliste sur le passage-piétons
qui vous autorise à traverser
au pas de course

vivrir

{vi-vrir} verbe

(voir **moorsme**)

vova

{vo-va} n. m.

Coca sans bulles

vranguer

{vran-ghé} verbe

avaler la fève pour échapper
à la couronne des Rois

vroulir

{vrou-lir} verbe

être doublé par une voiture
qui n'arrive pas à vous doubler

vruter

{vru-té} verbe

ne pas pouvoir s'arrêter de manger
des cacahuètes salées

par ext. : regarder la télé quand
même

W

wabol

{va-bol} n. m.

état ankylosé du bras au réveil

wabol ?

{ou-a-bol}

interjection qui exprime :
« Et moi, qu'aurais-je fait
sous l'Occupation ? »

wagardir

{va-gar-dir} verbe

s'endormir en pleine forme et se réveiller épuisé

« [...] On allait à Veules-les-Roses. Maman tricotait nos fréclets dans le train. Elle obrisaillait et veillait bien à ce qu'on ne jette pas nos gyasebs par la fenêtre. Dès

qu'on arrivait sur la plage, avec mon frère
on subissait la batana des cousins qui
tchernuzissaient déjà dans les algues.
Maman et Tante Monique ousse-
clichemurnaient à tour de rôle. Parfois
Mémé nous accompagnait. Telle une
létidatopistagine, elle restait assise sur les
galets et se plaignait de **wagardir**.
Mémé a i à Veules-les-Roses. Après,
on a préféré Étretat. »

Dimanche, Gilles Pelletier*
* Pseudonyme de Gil P. Le Thiais, écrivain et poète anonyme

wewedem

{oué-oué-dèm} n. m.
lutte discrète entre vous
et votre voisin pour la possession
de l'accoudoir
géopol. : conflit international
qui a débuté avant votre naissance
et qui dure encore

{Paris, le 7 novembre 1403

Kate, mon petit rosbif adoré,

don't be tourmentée, mes feelings
oncques n'ont changé depuis 25 ans, la

fin de ce **wewedem** est proche j'en jurerais
et enfin nous espouser nous pourrons
comme I promiss you au premier jour.
Je dépose un chaste baiser sur votre
hennin et je **xxxxx xxx xxxx xxx** *(censored*).*

Jehan, votre petit coq

* no Q in the *baleinié*

London, July 1407 20th

Jehan, my beloved grenouillette,
pardonne la tourmentance de mon
dernière lettre, grande fièvre avais de
songer peut-être le **wewedem** va durer
cent ans. Je kiss your écu *(non censuré*).*

Kate, ta little chicken

* « écu » autorisé dans *le baleinié*

wincq ?

{vink}

interjection qui exprime : « Est-ce que je lui dis ? »

exemples :

« ta braguette est ouverte »

« Untel est mort »

« je te quitte »

X

xataplu, e

{gza-ta-plu} n.

pote qui veut votre opinion sur le film dès que la salle se rallume

xédaclèc

{gzé-da-klèk} n. m.

échange de bises entre porteurs de lunettes

se **xéloper**

{gzé-lo-pé} verbe

se sentir sans charme, sans saveur et sans conversation

xiévreau
{gzi-é-vrô} n. m. (nord de la Loire)
distance entre le bout des doigts tendus et le ticket de péage
(*ordin. 3,5 cm*)
syn. : **zoupard**

xille
{gzi-ye} n. f.
fine coupure à la pliure du doigt
phys. : unité de base dans la théorie du « temps élastique » de Julius Dreistein (1807-1905)

xoamastir
{gzo-a-ma-stir} verbe
rejoindre la tablée après être resté un long temps aux toilettes

xu
{gzu} n. m.
objet bien rangé mais où ?
(voir **oxu**)

être **xu**
ne plus savoir ce qu'on est venu chercher dans la cuisine

yanguidir

{yan-ghi-dir} verbe

réécouter tout parce que le numéro qu'on doit rappeler est à la fin du message

yéyette

{yé-yèt'} n. f.

personne qui vous nettoie la joue avec son pouce mouillé de salive

yiyitir

{yi-yi-tir} verbe

se réveiller devant les dessins animés du matin

yopitodutou

{yo-pi-to-du-tou} n. m

passage des poubelles du restaurant
quand on est encore à table

Z

zalzanbizum
{zal-zan-bi-zom'} n. m.
ombre de votre main masquant la quantité de sel que vous versez sur votre omelette

zerzir
{zèr-zir} verbe
faire pipi à contre-vent

ziette
{zi-èt'} n. f.
dernière frite que personne n'ose prendre

zode

{zod'} n. f.

bascule brutale de la lumière vous signifiant la fermeture imminente de la brasserie

sociol. : lumière du restaurant qui s'éteint et tablée qui se met à chanter, au moment du dessert, le jour de votre anniversaire

zon

{zon} n. m.

patch qu'on décolle le temps d'en fumer une

zougir

{zou-jir} verbe

se demander ce qu'on pouvait bien lui trouver à l'époque

(*pas d'extension*)

zoupard
{zou-par} n. m. (sud de la Loire)
distance entre le ticket de péage
et le bout des doigts tendus
(*ordin. 5,3 cm*)
syn. : **xiévreau**

ousse-zoupard (inusité) ou
thoopard
{qou-pard'} n. m.
zoupard avec volant à droite
et péage à gauche
(*ordin. 5 pieds 3 pouces*)

gazouiller **zwycky**
{zvi-ki} n. inv.
être battu au scrabble par un enfant
à qui vous avez appris à lire

FEUILLE À TRACAS :

FEUILLE À TRACAS :

FEUILLE À TRACAS :

FEUILLE À TRACAS :

LEXIQUE

a

a@paz. .... *(ordinateur)*
ablouseur .... *(envahisseur)*
abounji .... *(tableau de bord)*
abrataphier ..*(poignée de porte)*
adchica .... *(soucoupe)*
æspégéca*........ *(dictionnaire)*
aflète .... *(bises)*
aftoube .... *(matelas)*
agdonvrer ...... *(dispute, porte)*
agdonvrer (ousse-)...... *(porte)*
agoudir........... *(crayon, sport)*
agroude .... *(baleine)*
agulette .... *(repas)*
ampégir .... *(faire pipi)*
aquedouille......... *(calembour)*
argascaner *(dossier de fauteuil)*
atarinien............. *(feu rouge)*
azbazéder .... *(répertoire)*
azétérie .... *(fleur)*
azog........................... *(lacet)*

b

bahan .... *(mot)*
balostre .... *(itinéraire)*
bârue............. *(perte de temps)*
batana .... *(bises)*
beccari ...... *(contrôle de police)*
belgoyer............. *(se pencher)*
bême.................... *(addition)*
bernardchatellier .... *(ami)*
bernogue............ *(répertoire)*
bibouplelouler........... *(auto-tamponneuse)*
biclac .... *(âge)*
biguitie.................. *(hôpital)*
binlan .... *(rêve)*
blacefèque .... *(journée)*
blacefèque (courir)..... *(santé)*
blotte.... *(invitation, a priori)*
boto .... *(clown, coup de foudre)*
boulbos .... *(camion)*

bourlu .... *(enfant)*
boustoufla............... *(cuisine)*
brage .... *(acteur)*
brâge .... *(acteur)*
brambuner................ *(train)*
brestampe (!)............ *(injure)*
breudeune........... *(symptôme)*
burdin .... *(garagiste)*
byramboé........... *(moustique)*
byramboé (ousse-). *(moustique)*

c

cachtarque .... *(viande)*
calbantine..... *(compte-gouttes)*
calonia........ *(maillot de bain)*
calonia (ousse-) .... *(maillot de bain)*
canaper .... *(sueur)*
cavote *(table, compte en banque)*
chaochimu.............. *(SNCF)*
chacard .... *(orteil)*
chashazer .... *(orthographe, contingence)*
chavogner .... *(robinet)*
chouabe .... *(sanibroyeur)*
chougrida.................... *(nom)*
chouir .... *(postillon)*
chumir .... *(tricher)*
clichemurner....... *(se baigner)*
clichemurner (ousse-)......... *(se baigner)*
çon................. *(garçon de café)*
çonçon .... *(garçon de café)*
çonçonçon ..... *(garçon de café)*
condazcalier .... *(mallette)*
couffiarde ... *(cigarette, traître)*
courcueller .... *(beurre)*
coussir...................... *(acteur)*
coussoindre .... *(acteur)*
coussuiner .... *(acteur)*
cra............ *(miettes de biscotte)*
cratance.......... *(petit-déjeuner)*
cuigne....................... *(ongle)*
cuse........................... *(tache)*

d

dadu .... *(bruit malpoli)*
dadu (ousse-).. *(bruit malpoli)*
darteau.... *(billet de train, sac)*
davernude .... *(nom)*

doriédoque............ *(pendule)*

double-riquesta...... *(tables de restaurant)*

double-riquesta (ousse-)...... *(tables de restaurant)*

douiner............... *(générosité)*

dreps .... *(fou rire)*

dreps (ousse-)......... *(fou rire)*

drugneau ...*(myope et presbyte)*

duguelonette .... *(jupe)*

duine de Gouvres.... *(gâteau)*

e

ecqueuchteuphroumph (es) . *(salière, sueur)*

écragir .... *(sentir, miroir)*

èèèèèèèèèèèèèèèè.......... *(chat)*

effidopthèque *(serrer la main)*

Effidopthèques...*(prétentieux)*

effouder .... *(sueur)*

éguélé....*(envahisseur, insulte)*

émiljandou .... *(parfum)*

émiljandou (beurrer)*(huîtres)*

empolèse.................. *(désir)*

empolèse (siffler l') ... *(ronfler)*

enzerpo .... *(plat)*

épaloumer .... *(piscine)*

epsoble........... *(essuie-mains)*

erdoindre .... *(chanteur)*

ertepoul ....*(porte)*

ertezoute ....*(porte)*

espégéca*.........*(dictionnaire)*

esterpango............ *(pianiste)*

exicotizzi................... *(taxi)*

ézinite...................... *(besoin)*

f

fafaille...................*(cigarette)*

fafayarde ....*(cigarette)*

fagane (essuyer) ... *(apparence)*

faplaotir .... *(doubler)*

fiasotter..................... *(tache)*

flantafafouille.......... *(baiser)*

fliite......................*(cigarette)*

flobarder ....*(retard)*

flomper .... *(poids)*

fréclet ....*(maillot de bain)*

freuderneuder...... *(lunettes de soleil)*

froingir ....*(plaque chauffante)*

ftam .... *(chéquier)*

furnuvutt .... *(envahisseur)*

g

gadobax .... *(scotch)*

gæzinir .... *(pompe à essence)*

galzande .... *(santé, poche)*

gbeindre .... *(cendres)*

give .... *(alcool)*

glambule (mener) .... *(caddie)*

glambule (ousse-mener) ...... *(caddie)*

gléèse .... *(rideau de douche)*

glindole .... *(créneau)*

gointran .... *(siège)*

gointrum .... *(empreinte)*

gosomer .... *(consommation)*

grafour .... *(chat)*

greuil .... *(train)*

gripène .... *(briquet)*

grouik .... *(comique)*

grune .... *(peau)*

grunicelle .... *(air frais)*

guézette .... *(whisky)*

guîte .... *(chaîne)*

gyaseb .... *(chewing-gum)*

h

halaqui .... *(aquarium)*

hembernoët .... *(journal)*

hioge .... *(soleil)*

hize .... *(souvenir)*

hœbuider .... *(retard)*

hœux .... *(acteur)*

hude .... *(poche)*

huindre *(itinéraire, se souvenir)*

hurseoir .... *(escalator, bonne nouvelle)*

i

igourie .... *(poche)*

igvimitsir .... *(fête)*

igvir .... *(se réveiller)*

illioffer .... *(lacet)*

immiouter .... *(plage)*

inflousser .... *(slip)*

ir .... *(trépas)*

itibivoir .... *(pense-bête)*

izguter .... *(conversation)*

j

jagun .... *(langage)*

jangandon .... *(TER)*

jeanpainjean... *(boîte à lettres)*
jérugneau.................... *(lire)*
joche-burer .... *(plaisirs)*
jontevir............... *(dame pipi)*
jorobrahir ..... *(relire, se relire)*
jouelle .... *(chanteur)*
jouelliste................. *(acteur)*
jubiau............ *(fonctionnaire)*
jubitir.................... *(coiffeur)*
jubjoter .... *(se réveiller)*

k

kabtinguir ...... *(Marseillaise)*
kaoplanazyl ...... *(ordonnance)*
kaxpourder .... *(agenda)*
kaypourder .... *(agenda)*
kazpourder .... *(agenda)*
kéma-kézer .... *(amis)*
kilvirouët .... *(bar des amis)*
klom .... *(fermeture Éclair)*
knorte .... *(réussite)*
Koptonn-Ploquin .. *(voiture)*
kpètre ....*(bandeau, réveil)*
krofèle ....*(invité, plume)*
kuridazir................ *(progrès)*

L

laguindouir .... *(chien)*
lakimase .... *(larme)*
létidatopistagine ...... *(plage)*
lichon-vogne ...... *(minuterie)*
limogoulème .... *(rue)*
linolinalino (être) .... *(fête)*
liotte .... *(boire)*
liottée .... *(boire)*
llamas (faire) .... *(moquette marron, écrire)*
loluber .... *(lunettes)*
lornidien, ienne .... *(espion)*
loustaner .... *(enveloppe)*
louston .... *(cadeau)*
luche .... *(étiquette)*
luer .... *(vélo)*
luglou (faire) .... *(boire)*
lunoise .... *(allumette)*

m

mabziner........... *(se réveiller)*
manjir .... *(restaurant)*
maoûrir .... *(trépas)*
mazerf .... *(livre)*
mécatal ..... *(pompes funèbres)*

ménairbe .... *(enfant, parents)*
meufi .... *(lunettes)*
miasliquer .... *(chat)*
moinge .... *(silence)*
moinge (ousse-) .... *(silence)*
moorsme .... *(trépas)*
moorsme (ousse-) ... *(trépassé)*
moudane .... *(messages)*
mouflant(s) .... *(foie gras, amoureux)*
mouir .... *(trépas)*
moulaphia .... *(stylo)*
moulaphiater ... *(stylo-feutre)*
moumaoûrir............ *(trépas)*

n

nabinoder .... *(bibliothèque)*
napir .... *(propriétaire)*
naude .... *(coquille)*
necquiller .... *(mode)*
néké .... *(guèpe)*
nénépol .... *(cendrier)*
néninailléner ... *(conversation)*
netch .... *(mégot)*
nicôler .... *(courses)*
niplozère .... *(lecteur)*
noscabindouir ...... *(ampoule)*

o

obrisailler............... *(tunnel)*
ogartir .... *(mémoire)*
ojaar .... *(téléphone portable)*
olpètre .... *(conversation)*
olpètre (tirer l') *(conversation)*
omar (être) .... *(klaxonner)*
oniocimir .... *(cadeau)*
oozie .... *(mouche)*
opreller .... *(petit-déjeuner)*
ornottoubiisme .... *(acteur)*
otolder .... *(compagnon)*
otoldir .... *(compagnon, rentrée des classes)*
oukouloumougnou ... *(chien)*
oukouloumougnou (ousse-) .... *(chien)*
oulguler .... *(punaise)*
ouma-ouma .... *(dentiste)*
ouspégéca .... *(tracas rare)*
ousse-...................... *(comble)*
ousse-agdonvrer .... *(porte)*
ousse-byramboé.. *(moustique)*

ousse-calonia*(maillot de bain)*

ousse-clichemurner .... *(se baigner)*

ousse-dadu..... *(bruit malpoli)*

ousse-double-riquesta *(tables de restaurant)*

ousse-dreps .... *(fou rire)*

ousse-mener glambule .... *(caddie)*

ousse-moinge.......... *(silence)*

ousse-moorsme .. *(outre-tombe)*

ousse-oukouloumougnou .... *(chien)*

ousse-plute .... *(cadeau)*

ousse-strasliquer ... *(lunettes)*

ousse-toubader .... *(trépas)*

ousse-touhamem (!) .... *(réplique)*

ousse-zoupard .... *(péage)*

oxu .... *(objet)*

ozag .... *(lacet)*

p

pani-pané............. *(insomnie)*

pani-paner ......*(argent, dette)*

parcopolir .... *(avion)*

parnotier ....*(réparateur)*

patoplasbille .... *(socquette)*

pégaud .... *(chanson)*

pégaudie ....*(musique)*

penquetonner ....*(Noël)*

pfi .... *(metteur en scène)*

piaseiller .... *(histoire drôle)*

pidise .... *(bis)*

piédouzer ..... *(manger, dîner)*

pio-pla .... *(élastique)*

pi-pli-po ....*(robinet)*

pitafincer ...*(poignée de valise)*

pitapo ....*(objet)*

Plétriniens .....*(autocritique)*

pligotie .....*(recommandation)*

ploïcher ....*(sandwich grec)*

plute ....*(cadeau)*

plute (ousse-) ....*(cadeau)*

pomphiase ....*(cigarette)*

pon (finir) ....*(acteur)*

pouer .... *(lire)*

poutskov ....*(relire)*

prapanluter .... *(parapluie)*

prender pipo-zinzin . *(clown)*

priadour .... *(chat)*

psonque ....*(photo)*

puace .... *(boire)*
puiffer ....*(rendez-vous)*

q

(pas de Q)

r

rabui................*(hôtel, réveil)*
rambe ....*(repas)*
ranilou ....*(biscuit)*
rasclap ....*(TGV)*
rebourluter .... *(efforts)*
recegir .... *(boire)*
rerebourluter .... *(pleurer)*
rétolburer ....*(porte, rêve)*
rétrotroosme .... *(W.C.)*
reuchcalbonite .... *(voiture)*
rézader .... *(boisson)*
rigouduire .... *(attendre)*
riol ....*(ongle)*
riroriner ....*(discours)*
rizzigordi ....*(rajustement)*
rmir .... *(trépas)*
roarteux, euse .... *(malade)*
rojémario (être).................. *(prestidigitateur)*
rosmocassade .... *(bouchée)*
roumpo (être) ....*(voleur)*
ruiquer .... *(ongles)*
ry ....*(gargouillis, acteur)*

s

sagliater ....*(mentir)*
saspigoule .... *(salade)*
scovio ....*(répondeur)*
seillon-pinquer .... *(histoire drôle)*
sirmouffer .... *(envahisseur)*
solpodorapette .... *(voix)*
somtamer .... *(chat)*
soscomaze .... *(envahisseur)*
souçanparde .... *(fumer)*
spgk* ....*(dictionnaire)*
spovia ...... *(radio, adolescent)*
spricariner ....*(douleur)*
spru .... *(verre en plastique)*
stise-tameur, euse .... *(ami, fonctionnaire)*
strasliquer ....*(lunettes)*
strasliquer (ousse-) ..*(lunettes)*
subfiasir .... *(tache)*
sultrégir ....*(fâcherie)*

t

tacoubanasser....... *(galette des Rois)*

tana .... *(démangeaison)*

tarnadoscafiser ... *(enterrement)*

tchermuzer .... *(chaussures)*

tchernuzir .... *(pied nu)*

tescaliedo .. *(raccourci, résumé)*

thoopard .... *(péage)*

toire .... *(socquette)*

toireauter .... *(cordon)*

tonkoler .... *(douche)*

tophoxer *(moustique, gommer)*

toubader .... *(trépas)*

toubader (ousse-) ..... *(trépas)*

touhamem (!) .... *(réplique)*

touhamem (!) (ousse-) .... *(réplique)*

trémoorsme ..... *(outre-tombe)*

treu (être) .... *(sosie)*

trisseoir .... *(gommer)*

troosme .... *(W.C.)*

– agoudi

– arctique

– assis

– beccari

– braille

– couffiarde

– empolèse

– ♀

– ♂

– joche-burer

– krofèle

– llamas

– luglou

– lunoise

– néké

– oukouloumougnou

– plute

– prapanluter

– puace

– rebourlutant

– rétro

– riquesta

– sncf

– vova

troosmer-niagara...... *(W.C.)*

troosmer-omar .... *(W.C.)*

troosnémo .... *(W.C.)*

trumir .... *(applaudir)*

tuitichuire........... *(trompette)*

u

ubasipitap............... *(sourire)*
ubault ....*(baignoire)*
ubocher .... *(col roulé)*
ufiade .... *(fiente)*
ufregram .... *(nom)*
ulmaïder ......*(Carte Vermeil)*
usmuss .... *(carie)*

v

valmoveuse ....*(addition)*
valvarope ....*(chemise)*
vanguiller ....*(horloge interne)*
vangume ......*(horloge externe)*
vertiglia .... *(vêtement)*
vertiglier ....*(jeter)*
viècre .... *(automobiliste)*
vivrir ....*(outre-tombe)*
vova .... *(boisson)*
vranguer .....*(galette des Rois)*
vroulir .... *(être doublé)*
vruter .... *(cacahuètes, télé)*

w

wabol....................... *(réveil)*
wabol ! ....*(Occupation)*
wagardir .... *(trépas)*
wewedem *(accoudoir, guerre)*
wincq ? ....*(dire)*

x

xataplu, ue .... *(film)*
xédaclèc ....*(lunettes)*
xéloper (se) ....*(état d'âme)*
xiévreau .... *(péage)*
xille ....*(petite coupure, unité de temps)*
xoamastir .... *(tablée)*
xu ....*(objet)*
xu (être) ....*(cuisine)*

y

yanguidir............*(répondeur)*
yéyette .... *(salive)*
yiyitir ....*(dessins animés)*
yopitodutou .... *(poubelle)*

z

zalzanbizum.................*(sel)*
zerzir .... *(faire pipi)*
ziette .... *(frite)*

zode .... *(bascule de lumière,*
anniversaire)

zon .... *(cigarette)*

zougir .... *(flashback)*

zoupard .... *(péage)*

zoupard (ousse-) .... *(péage)*

zwycky (gazouiller) *(scrabble)*

Extrait de « Xu »,

spectacle créé à la Scène Nationale de Sénart en 2005 puis repris au Théâtre du Rond-Point et en tournée

[...]

L- « enfiler son col roulé en ayant gardé ses lunettes » !

C- Oui, mais pas un verbe... « passage de votre tête... de votre tête chaussée de lunettes » alors, non ?

L- C'est le nez qui est chaussé, pas la tête.

C- « passage de votre nez chaussé de lunettes dans votre col roulé »

L- Le passage nous éloigne... on enfile le pull, on enfile le col... « franchissement de col » ?... Non... ça c'est le Galibier... *(à G)*... prête-moi ton pull... *(L enfile le pull de G, ses lunettes disparaissent dans le col roulé)*... elles sont où les lunettes là ?

G- ... « ubocher » ?

[...]

Extrait de « Oxu »,
spectacle créé au Théâtre du Rond-Point en 2009

[…]
G- … « soucoupe qui reste collée un instant au cul de la tasse »
C- … une « amonatude » ?…
G- Tu l'écris comment ?
C- … a, m, o, n, a, t, u, d, e,
L- Oh les « a » ça on en a…
G- Non. Ça fait mot inventé.
C- Euh… « vicquerie » ?
G- Ouh là ! une « vicquerie » !?
C- Euh oui… elle devient méchante, là… euh..
G- Pour l'instant nous n'avons toujours pas de « c » ni de « d »… ni…
L- … en « g » on est léger
G- … ni… « h », « i », « k »…
C- Eh ben « achica »… !
L- Ah « ashika », y a un côté japonais : « petite catastrophe pendant la cérémonie du thé ».
C- « adchica », avec un « d » avant le « ch » !
G- Ah ça devient mexicain, *adchica-dchica-boum, adchica-dchica*… et on a la chute de la soucoupe…
[…]

Les auteurs ont écrit et joué « Xu » et « Oxu » d'après leurs séances de travail sur le Baleinié.

MERCI

à

Henri Béhar

Bernard Chatellier

à

Anne Alvaro

Jean-Philippe Andraca

Béo Azam

Jean-Pierre Bacri

Sylvie Ballul

Shakour Bayez

Anne-Marie Braquehaye

Christine Brottes

Isabelle Carré

Brigitte Catillon

Jean-Paul Chambaz

Philippe Clévenot

François Cluzet

Bonnie Colin

Michel Didym et Laurent Vacher

Jean Dion

Stéphane Fontaine

Philippe Fretun

Jean-Marie Frin
Amandine Gallienne
Guillaume Gallienne
Jean-Pierre Guillard
Agnès Jaoui
Armando Llamas
David Lescot
Michèle Malick
Anthony Nicolas
Catherine Salviat
Christophe Viallaret
Jean-Pierre Zaremba

Douglas Adams et John Lloyd
pour la définition du *zoupard*

et à
Pierre Lescure, qui nous a aidés
à franchir le « pas de la porte »…

RÉALISATION : NORD COMPO MULTIMÉDIA À VILLENEUVE-D'ASCQ
IMPRESSION : CPI BUSSIÈRE À SAINT-AMAND (CHER)
DÉPÔT LÉGAL : NOVEMBRE 2009. N° 100495 (092737/1).

DANS LA MÊME COLLECTION

Le Petit Grozda

Les Mots retrouvés du Littré

Denis Grozdanovitch

Denis Grozdanovitch est inclassable. Ancien champion de tennis reconverti en un extraordinaire écrivain, il recueille depuis des années dans ses carnets les mots rares et étonnants du Littré que l'usage et la langue se sont permis d'oublier. « Battant-l'œil », « passe-colère » ou « tartouillade » sont ici ressuscités dans un dictionnaire merveilleux et incongru, à ranger au plus vite aux côtés du Petit Larousse ou du Petit Robert.

Inédit, Points n° P1870

Encore des mots à découvrir

Nouvelles chroniques au fil de l'actualité

Qui dit Alain Rey dit linguiste espiègle. Amoureux de la langue, il la courtise avec frénésie, la déshabille, sonde ses secrets étymologiques les mieux gardés. Sa chronique « Le Mot du jour » a fait les beaux matins de France Inter. En voici quelques-uns des plus fameux réunis dans ce second recueil savoureux, après *À mots découverts*.

Points, n° P1920

Le Mot qui fait mouche
Dictionnaire amusant et instructif des phrases les plus célèbres de l'histoire
Gilles Henry

Le sens de la formule n'était-il pas la force de Napoléon : « Impossible n'est pas Français. » ? Se souviendrait-on de la bataille de Fontenoy sans la fameux : « Messieurs les Anglais, tirez les premiers ! » ? De l'histoire de France à l'histoire de la langue, il n'y a qu'un mot ! Ce petit dictionnaire décrypte des centaines d'épisodes qu'un mot bien senti a immortalisés.

Points, n° P1921

Ma grand-mère avait les mêmes
Les dessous affriolants des petites phrases
Philippe Delerm

« Ce ne sont pas des passionnés de la brocante. Ils hésitent à s'enquérir du prix d'une paire de fauteuils, de couverts en argent. Ils s'éloignent de quelques pas, s'annoncent le prix revendiqué, et l'un deux lance alors : “Ma grand-mère avait les mêmes !” Cela tombe comme une critique de ce marché de dupes où les choses sont vendues infiniment trop cher. » Derrières ces petites phrases toutes faites : « On ne vous fait pas fuir au moins ? », « C'est maintenant qu'il faut en profiter »), Philippe Delerm démasque les hypocrisies et met à nu l'émotion.

Inédit, Points, n° P2000

Le français dans tous les sens
Grandes et petites histoires de notre langue
Henriette Walter

Qui connaît l'origine du mot bureau ? La bure, étoffe grossière protégeant un meuble, a vécu bien des aventures avant de devenir un espace de travail…
La langue française, réputée si formelle, recèle d'innombrables histoires méconnues, parfois rocambolesques, souvent inattendues, toujours riches d'enseignement.
Du français des Canadiens à celui des Belges, sans oublier le passage à la postérité du comte de Sandwich, Henriette Walter décortique amoureusement les subtilités de notre langue bien-aimée.

Points, n° P2001

Bonobo, gazelle et cie
L'Étonnante Histoire des noms d'animaux sauvages
Henriette Walter et Pierre Avenas

Les animaux font la loi… dans le dictionnaire ! Le mot rat, par exemple, a creusé un dédale de galeries lexicales. On se perd, de « rat de bibliothèque » en « rat des champs », de « queue de rat » en « rat d'hôtel »… À l'autre extrême, l'ours nous réserve bien des surprises étymologiques. Saviez-vous que l'inoffensif prénom Bernard signifie en fait « fort comme un ours » ?

Points, n° P2002

Les Expressions de nos grands-mères
Marianne Tillier

Tout le monde connaît l'expression « En voiture Simone ! »… Mais saviez-vous que la formule complète est « En voiture Simone, c'est moi qui conduis, c'est toi qui klaxonnes ! » ? On la doit à l'engouement suscité par Simone-Louise de Pinet de Borde, une des premières femmes à avoir participé à des rallyes automobiles ! « Rhabiller les gamins, se faire chanter Ramona, manger à s'en faire péter la sous-ventrière, s'en jeter un derrière la cravate »…

Entendues dans la bouche de nos grands-mères, ces expressions imagées et délicieusement drôles, au parfum de nostalgie, nous rappellent combien le français est une langue vivante et inventive.

Inédit, Points, n° P2036

Catalogue des idées reçues sur la langue
Marina Yaguello

« La diversité des langues, souvent perçue comme une malédiction, en particulier par les utopistes inventeurs de langues universelles, est en fait une richesse, un trésor dont nous n'avons pas fini de faire l'inventaire. » Chaque forme de langage est considérée comme une source irremplaçable de culture, et l'invraisemblable richesse, la formidable diversité des langues sont célébrées avec un plaisir contagieux.

Points, n° P1244

Sky my husband ! The integrale
Jean-Loup Chiflet

Ne soyez pas étonnés, si en utilisant « la méthode Sky », aucun Anglais ne vous comprend ! Jean-Loup Chiflet a une manière toute personnelle de traduire les expressions françaises en langue anglaise. Ainsi, « Chouchou » devient « cabbage-cabbage » et une « Marie couche-toi-là » se transforme en « A-Mary-go-to-bed » ! Mais que l'on se rassure, ce manuel aussi surprenant qu'hilarant contient aussi la traduction exacte de toutes ces locutions joyeusement écorchées !

Points, n° P2037

Les Plus Belles Lettres du professeur Rollin
Ou comment écrire au roi d'Espagne
pour lui demander sa recette du gaspacho
François Rollin

Le professeur Rollin, homme de lettres et de verve, est aussi grand pédagogue. Il a souhaité rédiger pour nous cinquante-neuf modèles de lettres, toutes absurdement indispensables, qui nous permettront d'écrire au roi d'Espagne pour lui demander sa recette du gaspacho ou d'envoyer une lettre de candidature à un boulot pas fatigant et très bien payé… Tout cela avec un souci constant du mot juste, et de la dérision érigée en art.

Points, n° P2101

Répertoire des délicatesses du français contemporain

Charmes et difficultés de la langue du jour

Renaud Camus

Exactitude étymologique d'une part, réalité linguistique qu'on ne peut ignorer de l'autre : la langue vit, se tord, oublie ses nuances, se les réapproprie quelquefois au détour d'un usage. La leçon de Renaud Camus ? S'immiscer dans le secret des mots, dans les rouages les plus délicats de notre grammaire, goûter au plus près les subtilités exquises de la syntaxe, donner accès à la véritable jouissance du parler et de l'écrit.

Points, n° P2102

L'Amour du français

Contre les puristes et autres censeurs de la langue

Alain Rey

La langue française est-elle proche de l'agonie ? Est-elle menacée par les assauts du franglais et des SMS ? Telle est la prophétie de nombreux puristes et autres censeurs. Alain Rey entreprend de dépasser les vaines querelles pour affirmer son amour du français : une langue bien vivante que l'on peut d'autant mieux défendre que l'on connaît son histoire.

Points, n° P2151